徳間文庫

裏用心棒譚《ばなし》（三）

流《りゅう》葉《は》断《だん》の太刀《たち》

上田秀人

徳間書店

目次

第一章　戦場の姿

一

　両国橋《りょうごくばし》は下総《しもうさ》と武蔵《むさし》、二つの国を跨《また》ぐことからこう呼ばれた。江戸の市中と開拓地本所《ほんじょ》深川の行き来を繋《つな》ぐだけに、その人通りは多い。

　とくに両国橋の北端、火除地《ひよけち》として整備された橋のたもとは広小路《ひろこうじ》と称され、数知れぬほどの出店が軒を並べ、江戸で指折りの繁華地となっていた。

「……おっと、ぼうっとするねえ。この田舎者が」

混雑する人混みから吐き捨てるような怒声がした。

「す、すいやせん」

怒鳴られた中年男が頭を下げた。

「けっ」

怒鳴りつけた尻端折《しりばしょ》りの男が、舌打ちをして背を向けた。

「いかんの」

尻端折りの男の前に大柄の浪人が立ち塞《ふさ》がった。

「なんだ、おめえ。邪魔だ」

威圧感に尻端折りの男がたたらを踏んだ。

「ここは蔵破りの縄張りだ。そこでよそ者が仕事をするのは、義理を欠いているのではないか」

浪人が尻端折りの男を諭した。

「てめえ、ご同業か」

「同業ではないが、まあ、似たようなものだな」

浪人が苦笑した。

「ふん、だったらお門違いだ。しっかり蔵破りには義理を通している」

尻端折りの男が挨拶をしたと言った。

無頼には縄張りというものがあった。どこどこの賭場は誰々が仕切るとか、浅《せん》草寺《そうじ》門前町の屋台は、どこの香具師《やし》が差配しているとか決まっている。

掏摸《すり》も同じであった。掏摸はおのれの狩り場を持ち、それ以外で仕事をするときは、前もって手土産の一つも持って顔を出し、ちょっと稼がせてもらいますと挨拶をするのが決まりであった。

「すでに挨拶をしていると」

「そう聞こえなかったか、二本差し」

念を押した浪人に、尻端折りの男が腹立たしげな顔をした。

「嘘はいかんな」

「……なんだと。てめえ、この蜘蛛《くも》の滝吉《たつきち》を嘘つき呼ばわりする気か」

偽《いつわ》りだと決めつけた浪人に、尻端折りの男が凄《すご》んだ。

「蔵破りのお梗《きょう》は、拙者の家内だ」

「げっ……」

「小宮山一之臣《こみやまかずのしん》という。覚えておいてもらおうか」

顔色を変えた蜘蛛の滝吉に浪人が名乗った。

「……小宮山、盗賊の用心棒」

蜘蛛の滝吉が息を呑《の》んだ。

「すいやせん。今から、挨拶に伺《うかが》おうと」

蜘蛛の滝吉が態度を変えた。

掏摸の縄張りは他のものと違って、後からの挨拶も認められていた。これは獲物を見つけるとつい指先が動いてしまうという掏摸の性質のためであった。挨拶をしに行く途中でついとか、縄張りを通過するだけで仕事をする気はなかったのだが思わず手が出てとか、掏摸の習慣に合わせたもので、仕事をしてからの義理通しも厳しく咎《とが》めない。

「挨拶は終わっているといった嘘をつくような奴は認められないねえ」

「なんだ、てめえは。女は口を出すな」

大柄な小宮山一之臣の後ろから顔を出した女に、蜘蛛の滝吉が噛《か》みついた。

「あたしが梗だよ」

「げえええ」

縄張りの持ち主だと言ったお梗に、蜘蛛の滝吉が驚愕《きょうがく》した。

「姉御《あねご》、すいやせん」

蜘蛛の滝吉が小宮山一之臣の顔色を窺《うかが》いながら、お梗に謝罪した。

「掏《す》ったものを出しな」

お梗が手を出した。

「あ、ああ」

蜘蛛の滝吉が懐《ふところ》から金入れを取り出し、なかに手を入れた。

「それごとだよ」

すっとお梗が金入れを取りあげた。

「全部はないだろう。挨拶は三分が決まり」

獲物の三割を納める代わりに、縄張りでの仕事を見逃す。これが掏摸の慣習であった。

「偽りを言うような奴に縄張りを貸せるわけないよ」

「てめえ……」

挨拶を受けないと断ったお梗に蜘蛛の滝吉が憤怒した。

「全部取りあげたと江戸中に広めるぞ。そうなれば、てめえは爪弾《つまはじ》きだ」

江戸の掏摸仲間から八分にされるぞと蜘蛛の滝吉がお梗を脅《おど》した。

「かまわないよ。あたしはここの広小路だけで十分、他所《よそ》さまで出稼ぎをしようなんて思ってないから」

「甘いな。八分になってみろ、誰も助けちゃくれねえ。広小路なんていう美味《おい》しい縄張りを守っていけるわけなんぞねえ。あっという間に、縄張りを食い荒らされて、おめえはどこぞの岡場所にでも売り飛ばされる羽目になる」

気にしないと手を振ったお梗に蜘蛛の滝吉がさらなる脅しをかけた。

「拙者のことを忘れておらぬかの、おまえは」

低い声で小宮山一之臣が口を挟んだ。

「あっ」

ぐいと迫ってきた小宮山一之臣に蜘蛛の滝吉が絶句した。

「お梗の敵は、拙者の敵。広小路の縄張りが欲しければ、それをわかってくるようにと馬鹿どもに伝えておけ」

「お、覚えてやがれ」

捨て台詞《ぜりふ》を残して蜘蛛の滝吉が逃げていった。

「ごめんなさいね」

お梗が小宮山一之臣に詫《わ》びた。

広小路の縄張りは、もと掏摸の大物、板場《いたば》の次郎《じろう》が支配していた。その板場の次郎の女で弟子でもあったお梗が、板場の次郎の死後縄張りを受け継いでいた。

小宮山一之臣と一緒になってから、あまりお梗は掏摸をしなくなっている。とはいえ、縄張りを譲り渡すわけにはいかない。今の蜘蛛の滝吉などはまだましなほうで、酷《ひど》い掏摸になると、紙入れや財布を盗《と》るために剃刀《かみそり》で衣服を切る者もいる。これなど、一つまちがえば、相手の身体《からだ》に傷を付けかねないのだ。

繁華な広小路は人混みである。他人と肩が触れあう、身体がぶつかるなど当たり前で、家に帰って財布がないと気づいても、落としたのではないかと考えてあきらめ掏られたとは思わないが、衣服に傷があればそうではないとわかってしまう。

「広小路で、掏摸に」

こういった訴えが増えれば、広小路に町奉行所の同心、御用聞きなどが興味を持ち、見廻《みまわ》りの回数も多くなる。

滅多に仕事をしなくなったとはいえ、お梗も掏摸なのだ。やりにくくなるのはたまらない。そうならないように、時々広小路を見廻り、ここはわたしの縄張りだと主張しなければならなかった。

「お互いさまだ。また、吾《われ》の命を狙う者が出てくるだろう。そのときには、まずお梗を狙って来るやも知れぬ」

小宮山一之臣が苦い顔をした。

「相馬《そうま》の連中……」

お梗も眉間《みけん》にしわを寄せた。

「先に、金入れを返してやれ」

金入れを手にしたままのお梗に小宮山一之臣が勧めた。

「ええ」

お梗が蜘蛛の滝吉の獲物になった中年の男を探した。

「あそこだ。葦簀《よしず》がけの茶店、その二軒向こうの露店を見ている」

「ほんと。ちょっと行ってきます」

お梗が人混みを縫った。

「手間賃をもらい忘れるところだった」

歩きながら金入れに手を入れ、なかの小判を一枚帯の間に挟む。そのまま中年の男の後ろへ素早く近づき、追い抜きざまに金入れを懐へ投げ入れた。

「…………」

その姿をじっと小宮山一之臣が目で追った。

「あいかわらず見事だ」

お梗の手練に小宮山一之臣が感心した。

「呼んでいるな。わかった」

露店の向こうで用をすませたお梗が手を振っている。それに手をあげて合図を返した小宮山一之臣が歩き出した。

「いつまで、こうして生きておられるかの」

小宮山一之臣がため息を吐《つ》いた。

老中田沼主殿頭意次《たぬまとのものかみおきつぐ》は、己の権力にひびが入る音を聞いた。

「印旛沼《いんばぬま》の水がうまく抜けてくれませぬ」

目の前で平伏する普請奉行配下の言葉が、田沼主殿頭の肝いりで始まった新田開発の頓挫《とんざ》を告《つ》げていた。

「原因はわかっておるのか」

「上流から流れこむ水が、予想よりもはるかに多く……」

普請奉行の配下が言った。

「愚かな、それくらい最初からわかっていたろうが」

田沼主殿頭が歯がみをした。

八代将軍吉宗《よしむね》が紀州藩主から将軍になったときに供をしてきた田沼家の二代目であった意次は九代将軍家重《いえしげ》の小姓《こしょう》を皮切りに、側御用取次《そばごようとりつぎ》、側用人《そばようにん》を経て、十代将軍家治《いえはる》の代でとうとう老中格にまで登り詰めた。

その田沼主殿頭が重商政策のあおりを受けて生産力の落ちた農業を復興させるべく、音頭を取って着手したのが下総国印旛沼の干拓であった。

「成功すれば、江戸の近郊に十万石の田ができる。増え続ける江戸の人口を支えるに十分である」

十万石の収穫は、四万人の飢えを満たす。

この干拓が成功すれば、成り上がりと蔑《さげす》まれてきた田沼主殿頭の足下も盤石になる。どれだけ譜代大名が偉ぶろうと、御三家、御三卿が血筋を言い立てようとも、実績には敵《かな》わないのだ。

「ならば、これ以上の手柄を立ててみよ」

家治にこう言われて、ではと腰をあげる者はいない。干拓にはすさまじい費用と、卓越した技術が要《い》る。

「主殿頭の意見は、躬《み》の言葉である」

将軍家治から、そう信頼されている田沼主殿頭だからこそ、数十万両の金と延べ数万人に及ぶ人手を用意できた。

十万石もない譜代大名はもちろん、御三家最高の六十一万石余りを誇る尾《お》張《わり》徳《とく》川《がわ》家でさえ無理なことを田沼主殿頭はできる。

「陪臣《ばいしん》あがりが」

「小身者が分に合わぬ立身をしおって」

紀州藩士から旗本になり、大名、老中と位《くらい》人臣を極めた田沼主殿頭は、名門と呼ばれる譜代大名、御三家などの一門衆から嫌われている。

「上様のご寵愛《ちょうあい》をよいことに」

「そうせい公さまを思うがままにするなど」

家治の信頼への嫉妬も深い。

「これ以上功績を立てさせてはならぬ」

「身の程を教えてくれる」

こういった声を抑えるために、田沼主殿頭は手柄を欲していた。

その印旛沼の干拓が失敗した。

「それみたことか」

「幕府の金を勝手に遣いおってからに」

反対派はそれこそ鬼の首を獲ったように騒ぎ出す。

「責任を取らせせろ」

「失われた金の弁済として、領地を召し上げるべきだ」

水に落ちた犬は叩けという故事もある。

田沼主殿頭への一斉攻撃が始まるのは、目に見えていた。

報告を聞き終えた田沼主殿頭が、普請奉行の配下を見下ろした。

「手は打てるか」

「できるだけのことはいたしておりまするが……」

問われた普請奉行の配下が答えを最後まで口にできなかった。

「無理か」

「…………」

確認するような田沼主殿頭に、普請奉行の配下が黙った。

「……できるだけ普請を引き延ばせ。まだ修復できると見せかけるのだ。余が指示するまで、普請を続けろ」

「はっ」

権力者の命に否やを言える者などいなかった。

普請奉行の配下は、首を縦に振って、下がった。

「……行ったか」

独りになった田沼主殿頭が、天を仰いだ。

「まずいの」

田沼主殿頭が顔色を変えた。

「このままでは、ならぬ」

すでに田沼主殿頭排除の動きは、始まっている。今はまだ田沼主殿頭を盲信してくれている家治がいるため、目立ってはいないが、失敗が重なれば、家治の寵愛も薄れるかも知れない。

「余に傷が付けば、松平越中守《まつだいらえっちゅうのかみ》が喜ぶ」

松平越中守定信《さだのぶ》の出自は、御三卿の一つ田安家《たやす》である。一時は嫡男家基《いえもと》を失った将軍家治の養子にという話も出たほど、聡明であった。

「余が将軍となれば、主殿頭は退《ひ》かせる」

若いときから商《あきな》いに重きを置く政策をとる田沼主殿頭を嫌い、農こそ国の基本と口にしていた。

「面倒な相手じゃ」

老中として天下の政《まつりごと》を一手にしている田沼主殿頭にとって、吉宗の孫という御三卿の血筋は扱いにくい。

あからさまな反発を見せる一門衆の定信を田沼主殿頭は、養子に出した。

「田安家の跡取りとして残したし」

定信の兄田安治察《はるあき》が病弱で子供もいない己の跡継ぎにと抵抗したが、将軍家治の御意として田沼主殿頭は養子縁組を強行、白河松平家へと追いやった。

白河松平家は、松平の姓を冠してはいるが、家康《いえやす》の血筋ではない。家康の母於《お》大《だい》の方が、松平家を離縁されてから嫁いだ久松家で産んだ異父弟たちに名字と領地を与え取り立てたもので、親藩扱いは受けているが他の松平より一段格下とされていた。

「将軍になろうという思い上がりを糺《ただ》してやったというに」

一門の御三卿から臣下の久松松平家へ出したのは、そのためであった。

「越中守は、執政衆になりたいと願っておる」

田沼主殿頭は腹立たしげであった。

将軍の夢を断たれた松平定信は、なんとしてでも政を手にすべく、役付きになりたいとして田沼主殿頭のもとへ賄賂《わいろ》を贈ってきていた。

「余への復讐をするための、臥薪嘗胆《がしんしょうたん》のつもりか」

田沼主殿頭は、賄賂の品物を持って、頭を下げに来た松平定信の目に恨みがたたえられているのをしっかりと見ていた。

そんな松平定信にとって、田沼主殿頭の失策は絶好の機会である。攻勢に出てきて当然であった。

「越中守をどうにかできぬかの」

田沼主殿頭が思案に入った。

「……あやつらが使えるか」

しばらくして田沼主殿頭が顔をあげた。

「誰ぞ、あるか」

「これに」

田沼主殿頭の呼びかけに、近習《きんじゅ》がすぐに応じた。

「屋敷の表門、その飾り瓦《かわら》に手ぬぐいを結べ」

「はっ」

得体の知れない指示だったが、近習は聞き返すことなく動いた。気働きもできなければならないが、主君の命に疑問を持つことなくすぐに従わないようでは、とても執政の側近は務まらない。

「……役に立ってもらうぞ。盗賊ども」

ふたたび一人になった田沼主殿頭が独りごちた。

二

一抱えほどの風呂敷包みを背負い、商家や武家屋敷を回り、黄表紙《きびょうし》や戦《いくさ》記録なぞを貸す。貸本屋という商売は、どこでも怪しまれずに入りこんでいける商売であった。

「貸本屋の次郎吉《じろうきち》でございまする」

大名屋敷の立ち並ぶ一角を次郎吉は訪れていた。

「おう、いいのはあるか」

顔なじみの門番足軽が、次郎吉に応じた。

「艶本の新しいのが入りました」

「取り置いてくれ」

声を潜めた次郎吉に門番足軽が小声で告げた。

「へい。お長屋へお届けいたしておきましょうか」

「長屋はいかん。妻がおる。艶本など見つかれば、大事《おおごと》じゃ。そこの門番小屋に後で寄ってくれ」

問うた次郎吉に門番足軽が指図した。

「承知いたしました。では、後ほど」

次郎吉は潜《くぐ》り戸《ど》を通過した。

「貸本屋でございまする」

門を入った次郎吉は、壁づたいに進み、家臣たちの住居、長屋が並ぶところで声をあげた。

「……では、十日後に引き取りに参りまする」

貸していた本を回収し、新しい本を置いた次郎吉は、武家屋敷を後にした。

「庭に面した御殿の雨戸にひび割れか。修復の気配はなかったが、梅雨までには修繕されるだろう。となれば、一月ほどしか使えぬな」

次郎吉は、いかにも貸本の帳面を記しているような振りをしながら、今入りこんだ武家屋敷のことを書き記した。

貸本屋とは世をはばかる仮の姿、次郎吉は仲間を募《つの》らず、一人で稼ぐ盗賊である。人が寝静まった夜中に静かに訪れ、金や家宝を盗み、跡形もなく消える。南北の両町奉行所が目の色を変えて追いながら、その名前も容姿も摑《つか》めない腕利《うでき》きであった。

「金はなさそうだが、二千石の旗本さまだからな。重代の家宝くらいあるだろう……あれは」

独りごちながら足を運んでいた次郎吉が、田沼主殿頭の屋敷の表門にくくられた手ぬぐいに気づいた。

「とうとう来たか」

次郎吉が目を細めた。

夜、次郎吉は田沼主殿頭の屋敷に忍びこんだ。すでに何度も忍びこんで、屋敷のなかは熟知している。迷うことなく天井裏を駆けた次郎吉は、田沼主殿頭の居室の真上へと到着した。

「………」

呼び出されたからといって、周囲の状況を確認もせずに、姿を見せる、あるいは声を出すようでは、一日も生き残っていけない。用心に用心を重ねる。それこそ、盗賊として長生きをするための極意であった。

「罠ではない……か」

部屋には田沼主殿頭しかおらず、主君の部屋にはかならず設けられている武者隠しにも気配はなく、隣室に控える近習にも緊張は見られない。

すばやくそれだけ確認した次郎吉は、小さく天井板を叩いた。

「……きたか」

居室で政務の残りをしていた田沼主殿頭が、天井を見上げた。

「しばらく、襖《ふすま》を開けるな」

田沼主殿頭が隣室の近習へ命じた。

「はっ」

「降りて参れ」

近習が従ったのを確かめてから、田沼主殿頭が次郎吉を招いた。

「ごめんを……」

天井板をずらした次郎吉が、音もなく落ちた。

「そなたは忍《しのび》くずれか」

その様子に田沼主殿頭が訊《き》いた。

「いいえ。生き残るために会得《えとく》した技でございまする」

次郎吉が首を横に振った。

「そうよな。忍が自ら認めるわけもなし」

田沼主殿頭がみょうな納得をした。

「…………」

それを次郎吉は否定しなかった。

田沼主殿頭とは、小宮山一之臣と相馬家の問題で手を組んだが、仲間になったわけではない。田沼主殿頭などの施政者にしてみれば、盗賊など塵芥《ちりあくた》よりも質《たち》の悪い、世の疫病のようなものなのだ。利用する価値がある間は、生かしておくが邪魔になれば、平然と切り捨てる。いや、踏み潰す。

世の裏で生きている次郎吉はそのことを重々承知している。いつそうなっても大丈夫なように、己の生国をはじめとする手がかりは与えないのが吉であった。

「まあいい。今日は、そういった話をするために呼んだわけではない」

田沼主殿頭もあっさりと切り替えた。

「白河藩松平家を知っているな」

「はい」

質問に次郎吉がうなずいた。

「そこにある家宝を盗んでもらいたい」

「松平家の家宝でございますか。それはなにでございますや」

依頼の内容を次郎吉が尋ねた。

「流葉断《りゅうはだん》の太刀《たち》」

「……流葉断の太刀」

次郎吉が首をかしげた。

「知らぬのも無理はない。流葉断の太刀とは、徳川家秘蔵のものだ」

一度言葉を切った田沼主殿頭が次郎吉に告げた。

「村正《むらまさ》という刀は知っておろう」

「名前くらいは。実物にはお目にかかったことさえございません」

　言われた次郎吉が首を左右に振った。

「村正の歴史を語る意味はない。ただ、村正は徳川に祟《たた》る刀として、幕府から厳しい制限を受けておる」

「徳川さまに祟る……そんなものが、なぜ白河藩松平家に」

　次郎吉が怪訝《けげん》な顔をした。

「祟るとはいえ、村正は名刀である。徳川に祟る刀を諸大名に持たせておくわけにはいかぬゆえ、幕府が取りあげた」

「はい」

　それは理解できる。祟る刀が徳川に恨みを持つ島津《しまづ》や毛利《もうり》、前田《まえだ》などに渡れば、それこそ謀叛《むほん》の契機になりかねない。

「徳川を滅ぼす神刀、ここにあり。この戦いは我らの勝利である」

　旗印になられては困る。かといって破壊しろと言ったところで、確実に処分する保証はない。だったら、取りあげてしまえばいい。

　徳川家が村正を集めるのは当然の行為であった。

「流葉断の太刀もその一つ。その名前の由来は、川にこの太刀を突き立てたら、流れてきた落ち葉が刃《やいば》に触れて二つになった。それほどの切れ味を誇る村正作の太刀のなかでも優れた逸品」

「………」

次郎吉は黙って聞いた。

「この流葉断の太刀は、家康さまが蒐集《しゅうしゅう》されたもの。やがて、家光《いえみつ》さまへ譲られた後、綱吉《つなよし》さま、吉宗さまに受け継がれた。そして、吉宗さまが亡くなられたとき、江戸城の紅葉山《もみじやま》にある東照宮《とうしょうぐう》へ奉納された」

「江戸城中の東照宮さまにご奉納された太刀が、なぜ白河藩に」

疑問を次郎吉が口にした。

江戸城のなかにも東照宮があるくらいは、次郎吉のような町人でも知っている。

「持ち出されたのよ。越中守によってな」

「越中守……ああ、白河藩主の松平越中守さま」

次郎吉が思い当たった。

「越中守の出自は知っておるな」

「将軍さまのお身内だと聞いたような」

さすがに田安家だとか一橋《ひとつばし》家だとかは、次郎吉は覚えていなかった。興味がなかった。

「御三卿田安家の七男よ」

「七男とは、また……」

町民でも七男というのはそうそうにはいない。次郎吉が感心した。

「だから、養子に出された」

「なるほど」

田沼主殿頭の言いぶんを次郎吉は認めた。商人でも百姓でも、家督を継げるのは長男であり、それ以降は自立するか、養子に行くか、厄介者として実家の片隅で朽《く》ち果てるかしかない。将軍の血筋が朽ち果てるわけにはいかないため、養子に出されるのは当たり前の話であった。

「出したのは、余じゃ」

「…………」

淡々と言う田沼主殿頭に、次郎吉が驚いた。

「いろいろと無謀なことを口にしている若者であったからのう。うるさくなる前に、江戸城から追い出した」

「恨まれておられますな」

「だろうの」

次郎吉に言われた田沼主殿頭が首を縦に振った。

「抵抗なされたでしょうに」

「したな。田安家の当主はもちろん、御三家まで出てきて反対した。だが、上様の一言で潰《つい》えた。将軍上意に逆らえる者はおらぬ」

「思い切ったことをなさる」

将軍上意の正体が、田沼主殿頭の意志だと次郎吉は気づいた。

「上様のお口から出たものぞ。余ごときの考えなどどうでもよい」

実際よりも形が上に来ると田沼主殿頭が嘯《うそぶ》いた。

「ゆえに、余を恨むのはまちがっておる。余を恨むのは、上様への叛逆《はんぎゃく》と同義なのだ。しかし、越中守はそれをわかっておらぬ」

「……………」

あまりの厚かましい言い分に次郎吉はなにも言えなかった。

「ところで、松平越中守さまと東照宮さまに納められていた刀のかかわりは」

次郎吉は本題に話を戻した。

「越中守が、田安家の御殿を出て、白河の上屋敷へ移る日の朝、最後のお別れをしたいと上様にお目通りをし、続けて東照宮へ参拝いたしおった。しばらく、御《み》霊《たま》と二人きりでいたいと申したゆえ、東照宮のお世話をするお城坊主どもが席を外した。小半刻《こはんとき》（約三十分）にも満たない間だったそうだがな」

「その間に、奉納されていた太刀を」

「そうとしか考えられぬ。その後、十日ほどだが、家康さまのお忌日《きにち》である十七日になかを検《あらた》めたところ、太刀が消えているのがわかった」

「そのときに問い詰めるわけには」

次郎吉が問うた。

「城中、それも神聖なる東照宮の奉納刀がなくなったなどと明らかにできるわけなかろう。そんなことをしてみよ、東照宮のお世話をする坊主どもは死罪、紅葉山を差配する書物奉行、城中警固《けいご》を担う新番組、書院番組、小姓組の組頭どもは切腹させねばならぬ。なにより、江戸城中のものが盗まれたという恥を天下に晒《さら》すことになる。御上《おかみ》の威信を落とすまねなどできるか」

田沼主殿頭が怒った。

「申しわけございませぬ」

「表沙汰にできぬとはいえ、放置するわけにもいくまい。ひそかに越中守に詰問の使者を出したが……」

「否定されたと」

「激怒したそうだ。八代将軍吉宗さまの孫たる余に盗賊の疑いをかけるかとな」

「わざとらしい」

田沼主殿頭の言葉を聞いた次郎吉があきれた。

「どうわざとらしいと」

次郎吉の答えの理由を田沼主殿頭が問うた。

「吉宗さまの孫という血筋を前にするなら、疑いをかけられたことを怒るより、まず盗まれた太刀のことを心配すべきでしょう。神君《しんくん》家康さまのご遺品なのでございましょう。己の名誉などより、はるかに大事」

「ふむ。やはりできるな、そなた」

田沼主殿頭が満足そうにうなずいた。

「…………」

次郎吉が口をつぐんだ。

「警戒するな。別段、そなたをどうこうしようとは考えておらぬ」

小さく田沼主殿頭が笑った。

「ところで、もう一つお伺いしてもよろしゅうございますか」

「もちろんだ」

話を変えようとした次郎吉を田沼主殿頭が受け入れた。

「越中守さまは、なぜ、その太刀を選ばれたので。他にも太刀は奉納されていたでしょうに」

「たしかに他にも奉納された刀はあった。正宗《まさむね》、長船《おさふね》、菊一文字《きくいちもんじ》など、天下の名刀が納められていた。ただ、村正は、流葉断の太刀だけであったのだ」

「村正が欲しかった」

「そうなるな」

田沼主殿頭が同意した。

「徳川家に祟るという村正がどうしても欲しかった……」

「知っておるまいが、一時は越中守を上様のご養子にという話もあったのだ」

「越中守さまを次の将軍に……されどそれが叶《かな》わなかった。ならば、そんな徳川家など潰れてしまえと……」

松平定信が村正の太刀を欲しがった理由を次郎吉は推測した。

「いいや。少しばかり違うな」

はっきりと田沼主殿頭が否定した。

「越中守は、徳川家を潰す気はない。越中守がどうにかしたいのは、余とそして余を執政筆頭として大政を預けてくださっている上様だ」

「無礼を承知で申しあげますが、主殿頭さまをお恨みになるのはわかりますが、上様まで……」

次郎吉が信じられないと首を横に振った。

「越中守にとって不倶戴天《ふぐたいてん》の敵、その余を支えてくださっているのが上様だ。もし、上様になにかあれば、余は即日落魄《らくはく》することになる」

寵臣の運命を田沼主殿頭はよく理解していた。

「で、では、越中守さまの願いは……村正の太刀まで手にしても達成したいとお考えのことは……」

「上様の呪殺」

震えながら確かめようとした次郎吉に、田沼主殿頭が冷静に告げた。

「上様に万一があっても、徳川家は揺るがぬ。御三卿もある、御三家もある。本家が絶えて分家が継いだ例などいくつもある」

「…………」

「なんとしてもそれは防がねばならぬ。上様の御宝算をお縮め申すなど論外じゃ」

なにも言えなくなった次郎吉に田沼主殿頭が低い声で告げた。

「流葉断の太刀を奪って参れ」

「…………」

「どうした。否やは許さぬぞ」

事情を聞かせた後である。拒否は許されない。田沼主殿頭が次郎吉を睨《にら》みつけた。

「……ふうう」

大きく次郎吉が息を吐いて、緊張を解《ほぐ》した。

「ことが大きすぎて、力が入りました」

次郎吉が苦笑した。

「御用はわかりました。で、褒賞はいかほどに」

落ち着いた次郎吉が、さりげなく腰の位置を変えていつでも跳び退《さ》がれるようにしながら問うた。

「褒賞だと。そのようなものを要求できる立場だと思っておるのか。余がそなたたちのことを町奉行へ漏《も》らせば、明日にも捕まるぞ」

田沼主殿頭が脅しをかけた。

「できませんよ。町奉行所ていどに捕まるほど、わたくしたちは甘くございません。主殿頭さまが町奉行さまを呼び出しておられる間に、わたくしどもは江戸から消えておりまする」

次郎吉が手を振った。

「江戸を売っても、全国へ手配をかければ、そなたたちの住む場所はない。なにを笑っている」

田沼主殿頭が笑みを浮かべている次郎吉をいぶかしんだ。

「いえね、先ほどのお話とは違いましょう」

「先ほどの話とどこが違う」

怪訝な顔で田沼主殿頭は次郎吉を見た。

「御三家さまも主殿頭さまのご意見に苦情を申し立てられたと仰《おお》せられました。つまり、国中にあなたさまの差配は及ばない。なんなら、今日のことを越中守さまへ持ちこんでもいい」

「……つっ」

田沼主殿頭が苦く頰《ほお》をゆがめた。

「盗賊にも義というものがございましてね。誓い合ったことは破らないというもの。もっとも血なまぐさい荒事の好きなまともじゃねえ連中には通じません。あいつらは裏切りこそ上等だと思いこんでいるような外道《げどう》でございますから」

押し入った家を皆殺しにして、金を奪うような連中を次郎吉は嫌っていた。

「まともな盗賊、あはは、盗賊にまともなんぞございませんか」

己の言葉に、次郎吉が笑った。

「それでも仁義というものを守るものでござんしてね。それを破った者は、外道に堕《お》ちるだけ。いかがいたします」

逆に次郎吉が田沼主殿頭を脅した。

「…………」

田沼主殿頭が沈黙した。

「……わかった。金を払おう」

「いかほどでございましょう。お頼みがお頼みでございますから、はした金ではお引き受けいたしかねます」

相応の金を寄こせと次郎吉が要求した。

「図々しいな、鼠賊《そぞく》は」

田沼主殿頭が眉間にしわを寄せた。

「卑《いや》しい者でございますので」

次郎吉がさげすみを平然と流した。

「百両でどうだ」

「ご勘弁を」

話にならないと次郎吉が断った。

「……いくらだ」

金額を言えと田沼主殿頭が命じた。

「千両……と申したいところではございますが、前のこともございますゆえ、半額の五百両でお請けいたしましょう」

「五百両か。わかった」

次郎吉の出した金額を田沼主殿頭が呑んだ。

「なにをしている。さっさと行け」

まだ座っている次郎吉に田沼主殿頭が眉をひそめた。

「前金をお願いいたしまする」

「なんだと、成功して初めて報酬はもらえるものだろうが」

手を出した次郎吉に田沼主殿頭が啞然《あぜん》とした。

「下準備というものがございまして。どこに太刀が隠されているかを調べなければ、なりませんでしょう」

「そんなもの、手当たり次第に白河藩の屋敷を探ればいいだろう。さすがに国元にまで持ち出してはいないだろう。呪いをかける相手から遠くなることをよしとはすまいからな」

次郎吉の説明に田沼主殿頭が反論した。

「盗みは一度で終わらせないと、相手を警戒させてしまいまする。越中守さまも己が太刀を盗んだと主殿頭さまがご存じだとわかっておられましょう」

問い詰める使者を怒鳴り返したとはいえ、それで疑いが晴れたと思うほど松平定信は甘くないはずであった。

「狙いが太刀だと知るか……」

「はい。そうなれば、よりわかりにくいところに隠すか、警固の数を増やすか、ほとぼりがさめるまで、あきらめて白河に送るか。そうされてはまず奪えなくなりまする」

言いたいことがわかった田沼主殿頭に次郎吉が首肯《しゅこう》した。

「呪具《じゅぐ》となっている流葉断の太刀を奪うことで、越中守の気を折るつもりでいるが、そうなっては面倒だな」

　田沼主殿頭が次郎吉の意見を認めた。

「それを調べるには、金が要りまする。調べる間は働けませぬので、生活の金を手配せねばなりませぬし、越中守さまの屋敷のことを探るために金で人から話を買うこともございますれば。どうしても金をかけずにやれと仰せならば、片手間になりますので、かなり手間取ることになりましょう。そう、少なくとも半年、確実を期すならば一年」

「そんなに待っておれるか。わかった」

　納得した田沼主殿頭が立ちあがり、違い棚に置かれた文箱《ふばこ》を手にした。

「ここにはこれだけしかない」

　文箱のなかから田沼主殿頭が切り餅を二つ出した。

　切り餅は二分金を五十枚集めたものだ。四角く紙で包まれた姿から切り餅と呼ばれていた。

「五十両、確かにお預かりいたしました」

　次郎吉が受け取った。

「わかっているだろうが、金を受け取った限りは……」

「仰せられずとも、承知いたしておりまする」

凄みのある目つきで見つめる田沼主殿頭に次郎吉は応じた。

三

往き道を逆にたどって田沼主殿頭の屋敷を出た次郎吉は、尾行を警戒して何度も辻を曲がり、かなりの遠回りをして、一軒のしもた屋を訪れた。

「ごめんを。佐兵衛《さへえ》さんはお出《い》でかい」

「どちらさまで……次郎吉さんじゃないかえ。ご無沙汰でござんすが、お変わりもなく」

応対に出てきた三十路《みそじ》手前の女がほほえんだ。

「変わりようもござんせんよ。お光《みつ》さんは会うたびに若くなられて」

「お口のうまいこと」

次郎吉の返答にお光と呼ばれた女が照れた。

「旦那《だんな》なら、奥にいますよ。どうぞ」

「お邪魔さん」

お光の許しを得た次郎吉が、しもた屋にあがった。

「失礼しやすよ、佐兵衛さん」

「聞こえていたよ、次郎吉さん。入ってくれ」

襖の前でもう一度声をかけた次郎吉に、なかから応答があった。

「お久しぶりで」

「そうだな。まあ、盗人同士が、そうそう顔を合わせるのも変な話だしな」

次郎吉の挨拶に佐兵衛が笑った。

「光、酒の用意を」

「あい」

佐兵衛に言われたお光が台所へと下がった。

「まあ、ゆっくりしていってくんな」

「お言葉に甘えやす」

勧める佐兵衛に次郎吉が喜んだ。

「どうだい、最近は」

「まあまあというところでござんすね。田沼さまのおかげで、景気がよくなったことでどこの商人も金を持ってくれてやすし、町奉行所も十両をこえない被害じゃ、真剣にしやせんから」

問われた次郎吉が答えた。

「十両盗めば首が飛ぶを逆手に取るとは、さすがだね。九両二分までなら、捕まったところで敲《たた》き百回ほどですむ」

佐兵衛が感心した。

幕府が出した御定書《おさだめがき》百箇条で、盗みはその被害が十両をこえたら死罪と決められていた。正確には、一度の被害ではなく、余罪を合わせて十両をこえた段階で死罪になるとの意味だが、一度も捕まっていなければ、何度盗みを重ねていても初犯なのだ。あとは町奉行所の尋問にさえ耐えれば、さほどの咎めを受けずに放免される。

また、町奉行所の探索を担当する廻り方同心の数は少なく、とても江戸中すべての犯罪に対応しきれない。十両に届かない盗みにかかりきりになるわけにはいかず、一通りの経緯《いきさつ》を聞いた後は放置になるのがほとんどであった。

　この事情を次郎吉は利用していた。

「佐兵衛さんのほうは、いかがで」

「最近はおとなしいもんだ。まだ前の盗みの金が残っているからな」

　問い返された佐兵衛が苦笑した。

「前の盗みというと……」

「一カ月ほど前に。深川八幡宮前の金物《かなもの》卸《おろし》田崎《たさき》屋で仕事をさせてもらったよ」

　次郎吉の質問に佐兵衛が告げた。

「ああ、あれは佐兵衛さんのお仕事でござんしたか。失礼ながら、いかほどに」

「一箱いただいた」

「千両とは豪儀だ」

　金額を聞いた次郎吉が目を剝《む》いた。

「五人での仕事だからね。一人あたりだとそれほどじゃないが、まあ、三年ほどは遊んでいられるな」

　佐兵衛は配下を抱える盗賊の親分であった。何年もかけて狙った商家や大名家の間取り、警固の状態などの情報を集め、十二分なまでの下調べをしてから盗みに入るといった手堅い盗賊として知られている。

「ということは、当分の間、お仕事は」

「探りを入れているところはいくつかあるから、場合によっては動くかも知れねえが、年内はまずないな」

確認した次郎吉に佐兵衛が述べた。

「やたらこっちの都合を気にするが、なにかあったな」

佐兵衛が表情を険《けわ》しくした。

「……田沼さまからのお呼び出しがござんした」

「……田沼さまか。小宮山さまのことがあれで話がすんだとは思っていなかったが……」

次郎吉の言葉に佐兵衛が苦い顔をした。

「で、狙いはなんだい」

「白河藩江戸屋敷に秘されている村正の刀」

「……松平越中守さまかい。これはまたずいぶんと大きな獲物だな」

佐兵衛が腕を組んだ。

「とびきり面倒な話でござんすよ」

「待ってくれ。かかわりの顔をそろえよう。そのうえでどうするかを決めようぜ。でなきゃ、一々説明を繰り返さなきゃいけねえし、意見の違いがあったときのすりあわせもしたい」

「たしかにそうでござんすね」

佐兵衛の提案を次郎吉が承知した。

「誰を呼びますかい」

「当然、小宮山さまだ」

次郎吉に尋ねられた佐兵衛が述べた。

「でございますな。行ってきやしょう」

「疲れているだろうに、悪いな」

迎えに行くと立ちあがった次郎吉を佐兵衛がねぎらった。

小宮山一之臣は今日も妻お梗とともに、縄張りになる両国広小路をうろついていた。

「あれ」

お梗が目を光らせた。

「あの太った縞《しま》の小袖《こそで》の男だな」

「あれがこの辺を締めている御用聞き、広小路の帯助《おびすけ》よ」

「左右で半歩下がっている二人は、手下《てか》か」

お梗の説明に小宮山一之臣が確認した。

「ええ。名前までは知らないけど」

「向こうは、お梗の顔を知っていると」

「十分どころか、狙われているわ。あたしの姿を見つけると、ずっと後を付いて回って、仕事をさせまいとするのよ。おかげで、最近、やりにくくて」

問うた小宮山一之臣にお梗がため息を吐いた。

「掏摸は、その場で捕まえなければいけないのであったな」

「そう」

お梗がうなずいた。

「でも捕まらないけど、仕事ができないし」

「喰うには困らぬだろう」

不満そうなお梗に小宮山一之臣が首をかしげた。

「なんだけどさあ、なにか悔しい」

お梗が地団駄を踏んだ。

「あいつのせいで、縄張りの見廻りにも支障が出ているのよ」

「そういうものか」

小宮山一之臣がよくわからないと首を横に振った。

「そういうものなの」

お梗が力を入れた。

「それに、あいつ、かなり前から、俺の女になれ、なったら、広小路での仕事は見逃してやると、いやらしいったらありゃしない」

毛虫に身体を這《は》われたかのように、お梗が身震いをした。

もと吉原の遊女だったお梗の容姿は優れていた。たしかに売れっ子だった二十歳《はたち》前のころに比べると張りはなくなったが、その代わりに醸し出される色香が増え、歩いているだけで男の目を惹《ひ》く。それでいながら、一度も捕まったことがないのだ。掏摸としてのお梗は一流であった。

「我らが一緒になったのを、知らぬわけだな」

妻の身体を狙っていると聞かされた小宮山一之臣が不機嫌になった。

「一緒に住みだしたときに、近所へ挨拶したくらいだもの。引き札撒《ま》いて触れ歩いたわけでもないし……」

お梗が恥じらった。

「だから、ここいらで思い知らせておきたいのよ」

「そうだな。拙者としても不快であるし、なにより妻の願いを叶えるのも夫の仕事だ」

「ありがと」

小宮山一之臣の言葉に、お梗が喜んで抱きついた。

「他人目《ひとめ》があるぞ」

あだな年増《としま》が、浪人者に戯《ざ》れかかるという絵は、かなり目立つ。たちまち、衆目が集まった。

「夫婦がなにしようと、他人《ひと》さまにどうのこうの言われる筋合いはございませんよ」

　よりお梗が胸を強く押しつけてきた。

「おおっ」

「なんとまた」

「……勘弁してくれ」

　周りにいた男たちが歓声をあげ、それに小宮山一之臣が照れた。

「……こっちに気づいた」

　お梗が小宮山一之臣の耳元で囁《ささや》いた。

「みたいだな。近づいてくる」

　小宮山一之臣も表情を引き締めた。

「今日こそ、引導をわたしてやる。いけるかしら」

　苦々しげに言ったお梗が、小宮山一之臣を見つめた。

「任せよ。これでも盗人の用心棒として知られた男だぞ」

　おどけた声で小宮山一之臣が応じた。

「知られていたら、困るでしょうに」

緊張を消したお梗がにっこりと笑った。

小宮山一之臣はもと相馬藩士であった。相馬藩で剣術の名手として知られていたが、それがあだになった。相馬中村《なかむら》城の宝物蔵に盗賊が入り、将軍家より拝領の茜《あかね》の茶碗という宝物が盗まれたとき、その盗賊の捕縛と茜の茶碗奪還を命じられてしまった。さらに、ことをなすまで帰ってくるなと浪人させられた。

収入がない浪人になった小宮山一之臣は食べていくために働きながら、誰が盗んだかもわからない茜の茶碗を探し出さなければならなくなった。町奉行所の役人ではない小宮山一之臣に探索の権はない。

そこで小宮山一之臣は、茜の茶碗の噂を摑みやすく、金にもなるということで盗賊の用心棒となった。

おかげで茜の茶碗は見つかったが、盗賊に堕ちた者を藩士に復帰させるわけにはいかないと相馬藩から命を狙われる羽目になってしまった。

かつての同僚と剣を交え、相馬藩の刺客を排した小宮山一之臣は、いろいろと手助けをしてくれた盗賊の仲間たちと深い絆《きずな》を持ち、その一人でもある女掏摸のお梗と結ばれたのであった。

「……ちょうどいいのもいるし」

ちらりとお梗が、別のほうでもの珍しげに広小路の繁華を眺めている中年の商人風の男を見た。

「気をつけてな」

「あい」

気遣った小宮山一之臣にうなずいたお梗が離れていった。それを見送った小宮山一之臣が、足下の小石を適当に拾いあげた。

四

「分かれた……」

人混みをかき分けて近づいてきていた御用聞きたちが、一瞬ためらった。このまま小宮山一之臣に近づくか、別行動になったお梗を追うかで動きが遅れた。

「…………」

そのわずかな隙《すき》を逃すようでは、掏摸はやっていけない。お梗があっさりと財布を掏り取った。

「やりやがった」

広小路の帯助が十手《じって》を抜いて叫んだ。

「おめえら、押さえろ」

「へい。行くぞ」

「おう」

親分の指図に下っ引き二人が駆け出そうとした。

「ふん」

三人の目が離れた小宮山一之臣は、手の内の小石を二つ投げた。

「痛っ」

「ぐおっ」

後ろ頭に小石をぶつけられた下っ引き二人がたたらを踏んで止まった。

「どうした、追わねえか」

広小路の帯助が、手下たちを叱った。

「なんか、頭に当たりやした」

「あっしも」

「なにを言ってやがる。そんなことより、あいつを……いねえ。てめえら、役立たずが」

　手下たちの言い訳を聞かず、広小路の帯助が怒鳴った。

「そ、そんなあ」

　下っ引きが情けなさそうな声を出した。

「そこの男、おめえ、財布を掏られてねえか」

　広小路の帯助が、お梗に身体をぶつけられた男に声をかけた。

「わたしでございますか……な、ない」

　中年の商人風の男が、顔色を変えた。

「やっぱり、やられていたか。くそう。ようやく、あの女を捕まえられる好機だったというのに」

　広小路の帯助が歯がみをした。

「そ、そうだ。あの浪人、お梗と絡んでいた男は……」

思い出した広小路の帯助が、振り向いた。

「あっ、お梗。てめえ」

小宮山一之臣と睦《むつ》まじく並んでいるお梗を見て、広小路の帯助が驚愕した。

「行くぞ」

広小路の帯助が手下たちを促《うなが》して、小宮山一之臣とお梗の前に立ち塞がった。

「おい、おめえ。今、掏っただろう」

「神妙にしろ」

「逃がすか」

十手を突きつけて、御用聞きたちがお梗に凄んだ。

「なんのことで、親分さん」

小首をかしげてお梗が問うた。

「とぼけるねえ。今、そこで掏摸を働いただろう」

広小路の帯助があたりはばからぬ大声を出した。

「おかしなことをお言いだねえ。ねえ、旦那さま」

「そうだの。拙者の妻がそのようなまねをするはずなかろう」

お梗に小宮山一之臣が合わせた。

「旦那……失礼でござんすが、旦那はどなたさまで」

甘えるお梗の態度に広小路の帯助が怪訝そうな顔をした。

「お梗の夫で、小宮山一之臣と申す」

尋ねられた小宮山一之臣が答えた。

「夫……」

絶句した広小路の帯助が、あわててお梗を見た。

「おめえ、いつの間に嫁にいったんだ」

「そろそろ二月《ふたつき》になりますかねえ」

素っ気なくお梗が告げた。

「その身体を……」

言いかけた広小路の帯助が小宮山一之臣の表情に気づいて留《とど》まった。

「……ご浪人さんで、どちらの」

広小路の帯助が小宮山一之臣へと矛先《ほこさき》を変えた。

「元の主家の名前はご容赦願おう」

小宮山一之臣が広小路の帯助の質問を拒んだ。

「……言えない理由でも」

「ある」

「へっ……」

あっさりと認めた小宮山一之臣に広小路の帯助が唖然となった。

「さあ、行こうか、お梗」

小宮山一之臣がお梗を促して、歩き出した。

「ま、待て」

「まだなにかあるのか」

あわてて止めた広小路の帯助に小宮山一之臣が怪訝な顔をした。

「旦那は、いや、おめえはお梗の正体を知っているのけえ」

広小路の帯助が小宮山一之臣へいやらしい目を向けた。

「正体……知っておるぞ。意外と閨《ねや》ではうぶになるとかな」

「もう」

「てめえっ」

わざと煽《あお》った小宮山一之臣に、合わせてお梗が照れ、広小路の帯助が憤怒した。

「そうじゃねえ。お梗が掏摸だという話だ」

広小路の帯助が見逃さぬとばかりに、十手をひらめかした。

「お梗が……」

「今も御用の筋で訊いている。夫といえども口出しは遠慮してもらおう」

口調も変えて広小路の帯助が、首をかしげた小宮山一之臣を牽制した。

「おい、さっさと観念しねえか。今日という今日は逃がさねえぞ。この目でしっかりと掏るところを見たのだからな」

広小路の帯助がお梗を憎々しげに睨みつけた。

「親分さん、あたいが掏ったという証《あかし》はどこに」

「財布を持っているはずだ」

お梗に言われた広小路の帯助が告げた。

「財布ねえ……」

懐へ手を入れて、お梗が小さな巾着《きんちゃく》袋《ぶくろ》を取り出した。

「これしかないけど、これはあたしのだよ……なかには、小粒金が二つと二分金が一枚、あとは波銭《なみせん》がちょっとしか入ってないけど」

「これじゃねえな」

広小路の帯助が財布を掏られた中年の商人風の男に確認した。

「へ、へい。わたしのはねずみ色の紙入れで。なかに四両と少しの金が入っております」

中年の商人風の男が説明した。

「おい、そこの番屋まで来な。身体検める」

広小路の帯助がお梗に指図した。

「なんで。あたいは関係ないよ」

お梗が拒んだ。

「てめえ、こんな人だかりのなかで身体検めをされるのは辛《つら》かろうと思っての親切心を無にしやがって。わかった、もう、かまわねえ。おめえら、こいつを剝いてしまえ」

「おう」

「合点だ」

滅多に見られないほどの美形、その女を丸裸にできるのだ。親分の指図に子分たちが勇んだ。

「むん」

「かはっ」

お梗に寄ろうとした下っ引きを小宮山一之臣が当て身で落とした。

「て、てめえ、御上に逆らう気か」

二人の手下を無力化された広小路の帯助が顔色を変えた。

「妻に無体を仕掛けた男を黙って見ている夫がおるか」

小宮山一之臣が淡々と言った。

「わかっているのか、これは御用だぞ。御用」

広小路の帯助が十手を振り回した。

「御用とは他人の妻を衆人環視のなかで、裸にすることか」

「お調べのためだ」

「ほう、お調べのためならばなにをしてもいいと」

「そうだ。御用はなんでも許される」

調子に乗った広小路の帯助が嘯いた。

「お集まりのなかで、この御用聞きが誰の手札をもらっているかをご存じのお方はおられるか」

小宮山一之臣が周囲に問いかけた。

掏摸騒動だけでなく、若い女が衣服を剝《は》がされるという事態に多くの野次馬が興味津々で見守っていた。

「知ってるぞ。北町の定町廻《じょうまちまわ》り同心、田谷《たや》さまの手札をもらっているはずだ」

そのなかから返答があった。

「どなたか存ぜぬが、お教えかたじけない」

声のしたほうに小宮山一之臣が礼を述べた。

「……いやあ」

感謝された男が戸惑った。

浪人の多くは生活の術《すべ》を持たず、粗暴な態度で、町民に迷惑をかける。食い逃げ、強請《ゆすり》、集《たか》りと、腰の刀にものを言わせての無理難題を押しつけてくる。なにより、己が武士であるというはかない矜持《きょうじ》にすがっているため、態度がおおきい。

そんな浪人の小宮山一之臣が、ていねいに応対した。珍しい出来事に、男だけでなく、周囲も驚いていた。

「北町奉行所は常盤橋御門《ときわばしごもん》であったな」

「そうだぞ」

別の野次馬が認めた。

「では、そこへ行き、抗議をするとしよう。御用聞きが拙者の妻を辱《はずかし》めようとした。これについての見解を求めると」

「いいぞ、やれえ」

「おもしれえ」

小宮山一之臣の言葉に、野次馬が賛同した。

「帯助に痛い目を見せてやれ」

「裏で博打場をやってる二足のわらじのくせに……」

「黙りやがれっ、しょっぴくぞ」

ますます勢いに乗る野次馬を、広小路の帯助が大声で脅した。

「…………」

たちまち野次馬が静まった。

「では、行こうか、お梗」

「あい」

小宮山一之臣がお梗を誘った。

「どこへ行く」

「北町奉行所だと申しただろう。番屋へ行くより確かなはずだ」

広小路の帯助に訊かれた小宮山一之臣が答えた。

「逃げるわけではない。付いてくれば良い。皆も一緒にどうかの。町奉行所へ行くのを、御用聞きが止めるはずもなし」

小宮山一之臣が広小路の帯助だけでなく、野次馬も誘った。

「行くぞ」

「見物だ」

広小路の帯助に抑えつけられていた野次馬が勢いづいた。

「ちっ。おめえら、いつまで寝てやがる」

お梗が掏摸だと言い張ったところで、これだけの騒動を奉行所に持ちこんだとなると、ただではすまない。下手をすれば十手を取りあげられてしまう。

状況に舌打ちをした広小路の帯助が、当て落とされている手下二人を蹴飛《けと》ばした。

「うっ」

「……えっ」

その刺激で下っ引き二人が起きた。

「帰るぞ」

「はあ」

「よ、よろしいんで」

踵《きびす》を返した親分に、手下二人が驚いた。

「お梗は、どうしやす」

「もういい。あいつには二度とかかわらねえ」

広小路の帯助が手下の問いに、首を左右に振った。

「……次だ」

一度小宮山一之臣のほうを睨んで、広小路の帯助が早足で歩き出した。

「ま、待ってくだせえ」

「親分」

慌てて、二人の手下が後を追った。

「終わったな」

小宮山一之臣が口の端《は》を吊り上げた。

「皆の衆、お力添えありがたし」

「なんでもねえよ」

「いい気味だったぜ」

周囲へ頭を下げた小宮山一之臣に、声をかけて野次馬が散っていった。

「……これでもう絡んではこないだろう」

「だといいけど。あの手のはしつこいから」

宥《なだ》めた小宮山一之臣にお梗が眉間にしわを寄せた。

「わたしの財布は……」

残っていた中年の商人風の男が泣きそうな顔をした。

「どこかで落としたんでしょう。橋番にでも訊いてみたら」

両国橋の上には通行料を取る橋番が常駐していた。御上の役人ではなく、橋の修理代を集めている町役人の配下でしかないが、迷子や落とし物なども扱った。

「……橋番」

中年の商人風の男が、そうだとばかりに走り去った。

「渡してきたのか」

「お小遣いはもらったけど」

確認した小宮山一之臣にお梗が舌を出した。

「さて、そろそろいいだろう。次郎吉どの」

お梗から橋のたもとへと目を移した小宮山一之臣が呼びかけた。

「どこにっ」

「お気づきでやしたか」

驚くお梗に笑いかけながら、次郎吉が近づいてきた。

「拙者が二度目に集まっていた者たちを煽ったとき、最初に行くぞと声をあげてくれたであろう。それで気づいた」

小宮山一之臣が答えた。

「あれだけの野次馬がいるなかで、あっしの声を聞き分けるとは、畏《おそ》れ入りやした」

次郎吉が感心した。

「騒ぎが収まるのを待っていたようだが、なにか我らに用かの」

「佐兵衛さんが、お集まりを願いたいと」

小宮山一之臣の問いに、次郎吉が述べた。

「用心棒のお仕事かの」

手堅い仕事をする佐兵衛は、盗みに入っている間、町方役人や御用聞き、予定外の目撃者などを防ぐために、小宮山一之臣を用心棒として雇うことが多い。

「あいにくでござんすがね、お仕事ではなく厄《やく》ごとで」

小さく次郎吉が首を左右に振った。

第二章　各々の思惑

一

月明かりもない晦日《みそか》こそ、盗賊のものである。

「おい、まちがうなよ。隣の店に押し入ったなんぞ、笑い話にもなりゃしねえ」

「承知してやすよ、親分」

闇夜に何人もの男が蠢《うごめ》いていた。

「火縄を」

仲間に言われた別の盗賊が懐《ふところ》から煙草《たばこ》入れを出し、なかから火の点《つ》いた火縄を手にした。

「火の粉が散るぜ」

火縄を手にした盗賊が振り回した。

風を無理矢理当てられた形になった火縄が燃えあがった。

「一つ、二つ。いいぜ」

灯《あか》りを求めた盗賊が手を振った。

「よし、三太《さんた》。いけるな」

「任せてくだせえ。親分」

三太と呼ばれた盗賊が懐から鑿《のみ》を出し、敷居を潜るように穴を掘り出した。

「先生、お願いしやす」

「承知した。ここには誰も近づけぬ」

親分から促《うなが》された小宮山一之臣がうなずき、少し離れたところで背を向けた。

「……閂《かんぬき》はこの裏のはず」

店前に穴を掘った三太が腕を突っこんで探った。

「あった」

閂を外した三太がもう一カ所へと取りかかった。

「……いけやすぜ」

三太が立ちあがった。

「じゃあ、手はず通りにいくぞ。殺しはやむを得ないときだけだ。女には手を出すな。奉公の女中より、吉原で格子女郎を抱いたほうがいいからな。狙いは金だけだ」

「へい」

親分の確認に手下《てか》たちが唱和した。

「二百両はいただくぞ。表戸を外せ」

「おう」

二人の手下が表戸を持ちあげるようにして敷居から外した。

「行け」

親分の合図で手下たちが店のなかへと押し入った。

「……さて、この辺りの状況はどうかの」

一人残った小宮山一之臣が周囲に気を配った。

腕の良い盗賊というのは、仕事が早く、静かである。

「小宮山先生」

店のなかから出てきた親分が小宮山一之臣の側《そば》に近づいた。

「なにもなかったの。御用聞きや辻番の見廻りさえないわ」

小宮山があきれながら報告した。

「八丁堀の威光に頼り切っているんでしょうよ」

親分が苦笑した。

「店の者は……」

気になっていたことを小宮山が問うた。

悲鳴や大きな物音はしなかったのであまり乱暴なまねはしていないだろうが、縛ってから口を塞《ふさ》いで殺せば音も声も出ない。盗賊の用心棒に堕ちた小宮山だったが、さすがに人殺しの手助けはしたくなかった。

「金の在処《ありか》を訊《き》かなきゃいけやせんので、主《あるじ》だけは起こして脅《おど》しやしたが、他の奉公人はそのままにしてやす。厠《かわや》に目覚めたりしたら騒ぎになりやしょう。八丁堀で殺しなんぞした日には、町方役人がやっきになりやすからね」

親分が一人も殺してはいないと答えた。

「それは重畳《ちょうじょう》。収穫はよかったようだの」

ちらと親分の後に続く手下たちを見た小宮山が驚いた。

「思ったよりも貯めこんでやした。三百もあれば御の字だと思ってたんですがね、一箱あるとは」

うれしそうに親分が応じた。

「千両か。少し色をつけてもらえそうだの」

「もちろんでござんすよ。明日、深川の八幡さま境内《けいだい》八つ（午後二時ごろ）でお願《ねげ》えしやす」

用心棒代は決まっているが、うまくいったときなどは心付けとして少々の上のせもある。冗談めかして言った小宮山に親分がうなずいた。

「ありがたし。では、引いてくれるか。後追いがいないかどうかを確認してから、拙者も逃げる」

「頼みます。おい、急げ」

「へい」

奪った金を分けていた手下たちが首を縦に振った。

千両を箱で運ぶのは重すぎた。途中で誰かに見つかって追われでもしたら、逃げきれなくなる。また運びきれず、捕まるよりましと捨てなければならなくなってはなんのために盗んだかわからなくなる。あるていどの人数がいれば、金は小分けにするのがもっとも安全な運搬方法であった。

「いけやす」

三太が手をあげた。

「うむ。じゃ、先生」

もう一度別れを告げて、盗賊たちが闇へ沈んでいった。

「…………」

見送った小宮山が耳を澄ませた。

「夜遊びする者の足音さえせぬ。やれやれ、深川だともうちょっとうるさいぞ」

小宮山があきれた。

「まあ、面倒がなくて我らにはありがたいがの」

独りごちながら小宮山が目を少し遠くへやった。

「あれが白河藩松平家上屋敷……」

小宮山が呟《つぶや》いた。


翌日、盗賊の親分から金を受け取った小宮山は、それを懐にねじこんで仲間の待つしもた屋へと向かった。

「じゃまをする」

「お出《い》でなさいませ」

しもた屋の格子戸を開けた小宮山を佐兵衛の妾《めかけ》、お光が迎えた。

「どうぞ、そのまま奥へ」

足の埃《ほこり》を手拭《てぬぐ》いで払っている小宮山をお光が促した。

「遅くなった」

「いえ、こちらこそ先に始めてます」

居間へ顔を出した小宮山の詫《わ》びをこの家の主佐兵衛が問題ないと手を振った。

「ささ、小宮山さまも」

お光が盃《さかずき》を差し出した。

「遠慮なくいただこう」

小宮山はお光からの酒を受けた。

「……うまいな。良い酒だ」

呑《の》んだ小宮山が称賛した。

「酒には贅沢《ぜいたく》をしております。男の夢なんぞ、右手に銘酒、左手に色白の女、懐に金と決まってますから」

佐兵衛が笑った。

「まさに佐兵衛の親分さんは、それを地で行きなさる。柳橋《やなぎばし》の芸者が裸足《はだし》で逃げ出す美貌のお光さんを抱き、千両の仕事を終えたばかりで懐も温かい」

もう一人の客である次郎吉がうなずいた。

「次郎吉さん」

褒《ほ》められたお光が照れた。

「さて、小宮山先生。どうでございました。急な依頼にもかかわらず、今回の田沼さまのご依頼に役立つと考えて無理をお願いいたしましたが……」

場が馴染《なじ》んだところで、佐兵衛が盃を置いた。

盗賊が仕事をする間、捕り方や目撃者を排除し、安心して稼げるようにするのが小宮山の役目である。当たり前だが看板を上げて店開きするとか、引き札を撒《ま》いて客を集めるとかはできない。盗賊同士の繋がりで広まっていくという、非常に狭い世間でやっていくしかないという盗賊の用心棒、それが小宮山であった。

「急なのはいたしかたない。下準備もできなかったが……いや、まあ、なんと言えばよいやら……八丁堀は無人かと思うたわ」

小宮山が嘆息した。

「見廻りがなかった」

「ああ。白鳥《はくちょう》の親分の仕事だからな。静かに波風を立てぬというのもあるが……」

確認した佐兵衛に小宮山が応じた。

「立つ鳥あとを濁さずを体現している白鳥の親分の仕事が目立たないのはわかり

やすがね。見廻りはそれとかかわりないんじゃ。決まった刻限ごとに決まった順路を巡るのが見廻りでござんしょう」

次郎吉が首をかしげた。

「だな。まあ、それを守っている辻番は少ない」

小宮山が認めた。

辻番は幕府開闢《かいびゃく》初期に設けられたもので、諸藩あるいは旗本の屋敷地の周囲を警戒する。基本は藩士や家臣から腕の立つ者を選んで辻斬りや強盗への対処をするが、まともに機能していたのは五代将軍綱吉のころまでで、泰平とともに侍が軟弱になり寝ずの番などはなされなくなっていた。それでも幕府の制度としては残っており、一応の形として巡回だけはおこなわれているところもあった。

「やれやれ、昨夜白鳥の親分さんが襲ったのは唐物商《からものあきな》いの肥前《ひぜん》屋でございましたね。まさに八丁堀の町方役人組屋敷のど真ん中じゃござんせんか。それでいて、まったく気づかれないというのは……情けないというか、ありがたいというか」

佐兵衛があきれ果てた。

「町奉行所の役人が住む八丁堀に盗人《ぬすっと》が入るなんぞ、考えてもいないのでございましょうよ」

　次郎吉も苦笑した。

「小宮山さまにわざわざ八丁堀でのお仕事を受けていただいたのですが、無駄足でございましたか」

「気にされるな。盗賊の用心棒は拙者の生業《なりわい》。いい金になったしの」

　申しわけなさそうな佐兵衛に小宮山が首を左右に振った。

「まあ、今ごろは大騒ぎだろうが」

　小宮山が淡々と述べた。

「そうでやすね。ちと見てきやしょう」

　すっと次郎吉が立ちあがった。

「さて、こちらはその間に話を少し進めますか」

「次郎吉どのがおらぬぞ」

　佐兵衛の提案に小宮山が首をかしげた。

「ご心配なく。先ほど先生がお見えの前に打ち合わせはすませております」

　小宮山の疑念を佐兵衛が払った。

「田沼さまのご依頼、いやご命令は白河藩松平越中守さまがお持ちの流葉断の太刀を盗み出すこと」

「だの」

「ただ、それがどこにあるかはわかっていない」

「…………」

かつて茜の茶碗という相馬藩の家宝を探した小宮山である。在り場所のわからないものをどうこうするのが、どれほど面倒かをよく知っていた。

「田沼さまのお考えだと、流葉断の太刀を松平越中守さまは呪具《じゅぐ》としてお使いになろうとしておられる」

「他人を呪う……か」

佐兵衛の言葉に小宮山が小さく頭を横に振った。

「雲上人《うんじょうびと》もわたしたちのような地下人《じげにん》でも、思いは変わらぬということでしょうな。いや、付いて回る権が大きいだけにより強いのかも知れませぬ」

「だろうな。それに上に立つ者ほど、誰々のせいでこういう羽目になったと責任転嫁《てんか》をしたがる」

小宮山が苦い顔をした。

「先生が言われると重みがございますな」

佐兵衛がうなずいた。

相馬藩士だった小宮山は盗まれた家宝を取り返すため、盗賊の仲間に入った。そのお陰で茜の茶碗を見つけだせたが、相馬藩の江戸家老はやむを得ないとはいえ藩士が盗賊になったことが表沙汰になってはまずいと、密《ひそ》かに小宮山を討とうとした。結果、刺客となったかつての同僚を返り討ちにして、小宮山は相馬家と決別した。

「武士というのはそういうものだ。己のやった罪をいさぎよく認めぬ。認めれば腹を切らねばならぬからな。松平越中守さまも同じよ。江戸城中の東照宮に奉納されていた太刀を盗んだが、それを認めることはない。神君家康さまのご遺物を奪ったとあれば、切腹ではすまぬ。藩は改易《かいえき》、その身は打ち首だろう」

小宮山が冷たく言った。

幕府にとって、徳川家康は別格であった。天下を豊臣《とよとみ》家から奪い、徳川幕府を作った神として家康は祀《まつ》られている。その功績を汚すようなまねをすれば、たとえ八代将軍吉宗の孫といえども許されはしなかった。それを見逃せば、松平越中守のほうが家康よりも価値があることになるからだ。

「上屋敷にあると田沼さまはお考えのようでございますが、先生はどう思われます」

佐兵衛が話を戻した。

「安全を考えるとそうだろうな。中屋敷や下屋敷もあり得るだろうが、どちらも家臣の住居という意味合いが強く、警固も甘い」

小宮山が田沼主殿頭意次の考えに同意した。

「なれど、上屋敷だと思いこんで盗みに入るのは早計」

「はい」

佐兵衛がうなずいた。

「一度で見つけられればいいが、見つけられなかったときは警戒を強めるだけでなく、手の届かないところへ仕舞いこまれてしまう」

小宮山が腕を組んだ。

「そこが問題でございますな。呪いをかけるための道具ならば、近くに置いておくのが普通。ものがものでございますからね。丑《うし》の刻《こく》参りのように神社の神木へ差しこむというわけにもいきませんし」

　丑の刻参りは藁《わら》人形に呪う相手の名前を書き、真夜中に神社の神木へ釘《くぎ》で打ち付けるという儀式である。二十一日の間、誰にも見つからず達成できれば、相手はもだえ苦しんで死ぬと言われていた。

「村正なのだろう、流葉断の太刀は。徳川に祟ると言われているのだ。己にも悪い影響が出ると松平越中守さまは気づいておられるのかの」

　ふと小宮山が疑問を呈《てい》した。

「たしかに……」

　尋ねられた佐兵衛が手を打った。

「気づいていたなら、側に置くはずもなし。なにせ村正は家康公の祖父と父を殺した刀だというからの」

　小宮山ももと武士の端《はし》くれ、妖刀村正の噂くらいは知っていた。

「ちょっと離れた将軍家を呪うより、手近な血縁を狙う。こちらのほうが理に適《かな》っておりますな」

佐兵衛も納得した。

「となると、上屋敷よりも中屋敷や下屋敷に隠されていると考えるべきでしょうか」

「松平越中守さまはどうなさりたいのか。それがわからねば、判断できぬわ」

腕を組んで思案する佐兵衛に小宮山が述べた。

「ただいま戻りやした」

二人が悩んでいるところへ次郎吉が帰ってきた。

「おう、次郎吉さん。どうであった」

佐兵衛が問うた。

「いや、大騒動でございましたよ」

胡座《あぐら》を掻《か》いた次郎吉が笑った。

「泥縄《どろなわ》というやつなんでしょうねえ。肥前屋の前には黒巻羽織の同心が四人に御用聞きが両手で足りないくらいたむろしてやした」

「そいつはすごい」

佐兵衛が感心した。

「船頭多くして船山に登るというぞ」

「まったくで。あれでは盗人どころか、鼠《ねずみ》一匹捕まえられませんでしょう。話がまとまるはずはありやせんから」

小宮山のあきれに次郎吉も同意した。

「白河さまのお屋敷はどうだった」

「そいつでやすがね。結構、気にされているように見てとれやした。表門は塞がったままでござんしたが潜《くぐ》り門は開けっぱなしで、あっしが見ただけでも五人以上の藩士が出入りを繰り返してましたから」

小宮山の問いに次郎吉が告げた。

「盗人騒ぎを起こしたのは、まずかったかの」

「こっちがさせたわけじゃございませんし、狙いを付けた商家へ押し入るのは盗人の仕事でございますから」

苦い顔をした小宮山に佐兵衛がしかたないことだと言った。

「もっともこれで八丁堀は盗人にとって鬼門《きもん》になりましたがね」

佐兵衛が頰《ほお》をゆがめた。

　八丁堀には町奉行所の与力、同心の組屋敷が集まっている。いわば、町奉行所の敷地内のようなものである。そこに盗人が入ったとなれば、町奉行所の面目は丸潰れであった。

「白鳥の親分のことだ。足跡なんぞは残しちゃいないだろう。どれほど与力、同心が必死になったところで、捕まるはずはないが……」

「こっちの仕事がしにくくなりやしたね」

　次郎吉がため息を吐《つ》いた。

「白河藩松平家の上屋敷へ入ってしまえば、町奉行所の連中は手出しできなくなる。とはいえ、そこに至るまでが問題だな」

　小宮山も眉間にしわを寄せた。

「ちょうどいいと思いましょう」

「なにが、ちょうどいいと」

　佐兵衛の言葉に次郎吉が首をかしげた。

「いやね、次郎吉さんがおられない間に小宮山先生とお話をしたんだけどね、問題の刀を松平越中守さまがどこに隠しておられるかという……」

小宮山との会話を佐兵衛が次郎吉に伝えた。

「なるほど。で、ちょうどいいとはどういう意味でござんす」

あらためて次郎吉が尋ねた。

「上屋敷には近づけない。だが、中屋敷とか下屋敷は違う」

「なるほど」

小宮山の簡単な説明に次郎吉が首肯《しゅこう》した。

「盗人が近いところに来たから、上屋敷は警戒を強めているだろうけど。すぐにその盗人がただの金狙いだとわかるだろう。八丁堀に上屋敷があるんだからね、町方の連中ともつきあいはあるはず。そこから肥前屋の被害の内容も入ってくるだろうし」

「あの刀を狙った盗賊じゃないとわかる」

佐兵衛の話に次郎吉が続けた。

「となれば、上屋敷の警戒も解《と》かれる。それまでの間、我らは他を探ればいい」

小宮山が述べた。

二

松平越中守定信は、家臣の報告を受けていた。

「では、ただの盗賊だと申すのだな」

「はっ。北町奉行所の与力さまからそのようにご説明がございました」

家臣がうなずいた。

目通りできない御家人とはいえ、与力は直参《じきさん》旗本になる。松平越中守の家臣は陪臣になるため、禄高《ろくだか》がどれほど多かろうとも敬意を表さなければならなかった。

「ただの盗賊が、町奉行所の与力、同心が山のようにおるこの八丁堀へ盗みに入るとは思えぬ」

松平定信は納得しなかった。

「そなたもわかっておるだろうが。田沼主殿頭が余を狙っておると。肥前屋を狙った者が、今夜吾《わ》が枕元に立つかも知れぬのだぞ」

「それは……」

主君の懸念を否定することはできなかった。

「田沼主殿頭の余裕がなくなった」

印旛沼の干拓の失敗はどれだけ規制しようとしても数十人の役人と数軒の豪商、さらに数百人をこえる人足がかかわっているだけに隠しおおせるものではなかった。

もちろん最初から松平定信は政敵のやることを監視しようとして、手の者を忍びこませていた。

「じつは……」

なかには田沼主殿頭の引きを受けていながらも形勢の不利を悟《さと》って、松平定信に情報を持ちこみ鞍替《くらが》えをしようとする者もいる。

松平定信は田沼主殿頭よりも詳しく印旛沼の状況を把握していると言っても過言ではなかった。

「あやつに残されたのは……もう非常の手段しかない」

追い詰められた者はどのような手段を執《と》るかわからない。それこそ刺客を使って政敵を消し去ろうとしてもおかしくないのだ。そういった例は枚挙に暇《いとま》がないほどある。

松平定信は身に迫る危険を感じて焦っていた。

「…………」

主君の機嫌が悪いときは逆らわないのが正しい対処である。家臣が無言で頭《こうべ》を垂《た》れた。

「まったく……」

松平定信があきれた。

「そういえば、襲われたのは肥前屋と申したな」

「さようでございまする」

家臣が首肯した。

「当家出入りの肥前屋であるな。ならば直接話を聞きたい。呼べ」

「ただちに」

主君の命を受けた家臣が素早く動いた。

盗賊に襲われただけでなく、縛りあげられたうえに金を根こそぎ持っていかれた肥前屋はかなり落ちこんでいた。

「……お呼びでございますか」

それでも出入り先からの求め、それも将軍家一門の大名からのものとあれば、従わざるを得なかった。

疲れ果てた表情で肥前屋が松平定信の前に出た。

「酷い目に遭《あ》ったの。だが、かならずや町奉行所が盗賊を捕まえてくれるであろう」

まず松平定信が肥前屋を慰《なぐさ》めた。

「ありがとう存じまする」

礼を言った肥前屋だったが、どこか虚《うつ》ろで心のこもったものではなかった。

「どのような経緯であったかを聞かせよ」

早速松平定信が要求した。

「経緯とお訊きになられましても……寝ていて気がついたら縛りあげられ、金の在処を言わねば殺すと。その後厠に起きた奉公人が表戸が開いていることに気づき、わたくしのもとへ来て解放されまして……」

力のない声で肥前屋が語った。

「前日とかに気になることはなかったのか」

「町奉行所のお方さまにも同じことを問われましたが、まったくなにも」

肥前屋が首を左右に振って否定した。

「いくら盗《と》られたのじゃ」

「…………」

松平定信の問いに肥前屋が黙った。

「いくらだと訊いておる」

厳しく松平定信が詰問した。

「ご勘弁をくださいませ。商家にとって金の多寡《たか》は商いにかかわる大事でございますれば」

肥前屋が拒否した。

どれだけの被害を受けたかで、取引先の対応が変わった。

「あれだけ盗られたのならば、店は保《も》つまい。掛け売りはできぬな」

節季払いであった仕入れが現金での遣《や》り取りになったり、

「そんなに儲けていたのか。そうとう仕入れ値段に上乗せをしていたな。値下げを要求しろ。断ったならば別の店に替えればいい」

強引な取引を押しつけられたりする。

ことは商いだけではすまなかった。

「それほどの金があるならば、寄付を願いたし」

「親戚の願いじゃ。金を貸してくれ」

「親分への上納金を出してもらおうじゃないか」

強請集《ゆすりたか》りがやってくる。

もちろん、これらを逆手に取る商人もいた。

「盗賊に持っていかれてしまいました。なにとぞ、支払いはお待ちを」

「あのくらいの金、商いにはまったく応《こた》えませぬ」

金のなかったのを盗賊のせいにしたり、多めに被害を言い立てて内証《ないしょう》は裕福だと見せかけたりするのだ。

肥前屋はそこまで卑しくはなかったが、どれほどの金を盗られたかを言い歩くほど愚かではなかった。

「余にも言えぬと申すか」

「ご容赦を願いまする」

肥前屋が松平定信へ平伏した。

「町方の者どもには教えたのであろう」

「それはお調べでございますので」

確認した松平定信に肥前屋が認めた。

町奉行所に被害を隠すことはできなかった。被害の金額で町奉行所の気合いが変わってくるのだ。

十両盗めば首が飛ぶ。御定書百箇条に記されたこの条文が大きな影響を発揮する。捕まえても百敲《たた》きかそこらで終わるか、死罪にできるかで町奉行所の与力、同心の手柄が違ってくる。当たり前だが死罪相当が上になるし、なによりも面倒でなくなる。

十両以下だと余罪を調べてそれをこえるかどうかを確認しなければならないが、端《はな》から十両をこえていればその手間を掛けなくてすむ。一応、どこに押し入ったかくらいは問うが、別段自白しなくても処刑はできる。

「いつまでかかっておる。まだ、白状させられぬのか」

下手に取り調べをさせられて、のらりくらりとかわされでもしたら、上から叱《しか》られることになる。

「ほう、町奉行所の与力、同心などには言えて、この余には申せぬと」

「…………」

松平定信の絡みにも肥前屋は無言を貫いた。

「久内《くない》」

同席していた用人《ようにん》に松平定信が顔を向けた。

「町奉行所の役人に問うてこい」

「はっ」

久内と言われた用人が出ていった。

「もう失礼いたしても」

肥前屋が伺った。

「待て。久内が戻るまで待て」

そう言いつけて、松平定信はさっさと政務を始めた。

「……はあ」

小さく肥前屋がため息を吐いた。

盗人に入られた店には、いろいろな用事ができた。なかでも取引先への連絡は焦眉《しょうび》の急と言えた。

「残額のお支払いをさせていただきまする」

節季ごとの支払いでも今精算するのが妙手であった。

「ご災難な最中に、ありがとうございまする」

金を盗られて店が潰《つぶ》れては取りっぱぐれると思っていた取引先が喜ぶ。これを繰り返して、大丈夫だと世間へ報《しら》せるのだ。

金を失ったときに厳しいことだが、これをしないとかえって痛い目に遭う。

肥前屋が仕入れている店はいい。困るのは肥前屋から仕入れている店の対応が変わることであった。

「あそこはもう潰れるらしい」

「夜逃げするしかないそうだ」

こういった噂が拡《ひろ》がれば、

「なら、無理をして支払わなくともよいな。少し引き延ばせば……」

あくどいことを考える取引先がでかねない。

そして金を奪われ、支払いに無理をしなければならなくなった店にとって、収入がなくなるのは厳しい。

なんとかなるはずだったのに、支払いを待たされたことで資金繰りができなくなって潰れてしまった店はいくつもある。

そして、こういった金にまつわることは番頭でも独断はできず、主が差配するしかなかった。

「…………」

しかし、相手は大名である。商人のつごうなんぞ、欠片《かけら》も考えてはくれない。

肥前屋は苦行に耐えるしかなかった。

「戻りましてございまする」

半刻《はんとき》（約一時間）ほどで久内が帰還した。

「聞き出せたか」

「それが……十両以上であるとしか」

促した松平定信に久内が申しわけなさそうな顔で答えた。

「なんじゃと。当家の名前を出したのであろうな」

「もちろんでございまする。当家の名前を出し、盗賊が近くに入ったゆえ警戒を強めたいと考えておるので、詳細を聞かせてもらいたいと」

驚いた松平定信に久内が応じた。

「不浄《ふじょう》役人風情が、松平家の要請を断った……」

松平定信が唖然《あぜん》とした。

「どういうことじゃ、肥前屋」

松平定信が怒りを肥前屋へ向けた。

「さて、町奉行所のことまでは」

肥前屋が首をかしげた。

「ご無礼ながら、どうしてそこまでお知りになりたいのでございましょう」

「盗賊が本当にそなたの店を狙っただけなのか、それとも別の目的があったのかを知るには、どのていどの金が奪われたかを確かめねばならぬ」

「はあ」

松平定信の言い分を肥前屋は理解できなかった。

「越中守さま。金額は申せませぬが、たしかに昨日、普段より金は多めにございました」

肥前屋が妥協をした。

「それはなぜじゃ」

「大きな取引の決済がございましたので」

事情を肥前屋が語った。

「なるほどの。そなたの店を襲ったのは、金の出入りを見られていたからか」

五日前に肥前屋へ金が運びこまれたと知った松平定信が納得した。

「わかった。ご苦労であった」

ようやく松平定信が肥前屋を解放した。

「久内、町奉行を呼び出せ」

「どちらの……」

命じられた用人が尋ねた。

「南北共にじゃ」

松平定信が告げた。

三

佐兵衛たちとの話し合いを終えた小宮山一之臣は長屋で寝転がっていた。

「……もう」

しどけなく乱れた姿で妻お梗が小宮山を睨んだ。

「やり過ぎたか」

小宮山が気まずそうな顔をした。

「お天道さまがあるうちからは……恥ずかしいじゃないか」

お梗が文句を言った。

「しかたなかろう。長屋は薄壁、夜だと両隣が迷惑するだろう。昼間なら、どちらも仕事で留守だしな」

気遣ったのだと小宮山が自己弁護をした。

「昨夜《ゆうべ》もしたくせに……」

お梗が小宮山を手で打った。

「……すまん」

事実を指摘された小宮山が詫びた。

「まったく……」

お梗が背を向けて後始末をし始めた。

「金ができると動くのが面倒になるな」

天井を見上げながら小宮山が述べた。

「白鳥の親分さんもはずんでくださったねえ」

身形《みなり》を整えながらお梗が感嘆していた。

「五人で千両ごえだったそうだ。二十両の約束に心付けとして十両もくれた」

肥前屋の盗みで用心棒を務めた小宮山に白鳥の親分は決まりの二十両、心付け十両と合わせて三十両という大金を支払ってくれていた。

「当分、遊んでいても大丈夫だけどさあ……」

崩れた髷《まげ》をほどき、あらためて櫛《くし》巻きにまとめたお梗が小宮山のほうを向いた。

「なにもしないと腕が鈍《なま》っちまうよ」

お梗が苦笑した。

「ならば縄張りを見廻るか」

よいしょと小宮山が起きあがった。

「毎回、毎回つきあってもらわなくてもいいよ」

外していたふんどしを締めた小宮山にお梗が手を振った。

「子供じゃないんだから、自前の縄張りくらい見廻るのは簡単よ。それに広小路の帯助は追い払ってもらったし」

お梗を吾がものにしようとしていた御用聞きは、小宮山によって排除されていた。

「そうか。ふむ……」

同行を断られた小宮山が顎《あご》に手を置いて悩んだ。

「寝ていてもなあ」

妻が働きへ出かけるのに夫が長屋でごろごろしているのはいかがなものかと、小宮山が悩んだ。

「お好きになさってくださいな」

用意をすませたお梗が一足先に出ていった。

「よし、とりあえず出るか」

金はある。小宮山は腰をあげた。

長屋のある深川は江戸の市中ではあるが、町奉行所からの扱いは悪い。深川見廻り方という同心を配置はしているが、新開地である深川は広く、とても手が足りていない。また、深川見廻りは廻り方と呼ばれる定町廻り、臨時廻り、隠密《おんみつ》廻りに比べて閑職とされ、同心たちのやる気もなく、治安はあまり良くはなかった。

「……あれは、火神楽《ひかぐら》の与五郎《よごろう》」

向こうから来る男に小宮山は気づいた。

「おっ」

相手も小宮山を見つけた。

「小宮山の。ちょうどいいところに」

火神楽の与五郎が近づいてきた。

「ご無沙汰だの、親分」

こうなっては仕方がない。小宮山が手をあげて挨拶をした。

「少しいいかい」

火神楽の与五郎の求めに小宮山は応じた。

目に付いた茶店の奥へ火神楽の与五郎は小宮山を連れこんだ。

「まあ、喉を湿らせよう」

「いただこう」

二人は酒を手酌で呑み始めた。

「珍しいところにいたじゃねえか」

ふと火神楽の与五郎が口にした。

「引っ越したのでな」

「それでか。塒《ねぐら》へ何回か呼びに行かせたんだが留守だったのは」

火神楽の与五郎が納得した。

「無駄足をさせたな。すまぬ」

一応、小宮山が詫びた。

「構わねえさ。世間をはばかる渡世《とせい》だからな。居所を移るのも当然だ」

「で、拙者になにか用でも」

気にするなと言った火神楽の与五郎に小宮山が尋ねた。

「仕事の話さ」

「………………」

聞いた小宮山が難しい顔をした。

「つごうが悪いのか」

火神楽の与五郎が小宮山の表情に気づいた。

「すでに別の仕事を受けておっての」

「誰のだ」

「佐兵衛どのだ」

「いつ」

「まだ日限は決まっていない。親分も知っているだろう、佐兵衛どののお仕事は手間暇を掛けてゆっくりと準備をするのを」

訊かれたことに小宮山が答えた。

「相変わらず面倒くさい仕事をしているんだな」

小さく火神楽の与五郎が笑った。

火神楽の与五郎は佐兵衛と違い、力尽くで商家の大戸を破ってさっさと金を奪って逃げるという乱暴な盗みをする。当然、逆らったり、邪魔をした者を殺すことも辞さない。

盗賊へ身を堕《お》としたころ茜の茶碗を探すためと目をつぶって何度か手伝いをしたが、小宮山は手荒さに嫌気が差して最近では仕事の依頼を逃げるようにしていた。

「ということで悪いが……」

小宮山は先約があるとして断ろうとした。

「今夜は空《あ》いているだろう。すでに昼を過ぎているからな。あの佐兵衛が当日に参集をかけることはねえ」

「……たしかに」

小宮山は認めた。

「しかし、いくらなんでもいきなり今日は……」

「今日だからこそよ」

渋る小宮山に火神楽の与五郎が被《かぶ》せてきた。

「……………」

「わからねえか」

戸惑う小宮山に火神楽の与五郎が口の端《は》を吊り上げた。

「八丁堀でのことは知っているだろう」

「噂話ていどだがな」

まさかその場にいましたと言うわけにはいかない。言えば佐兵衛の仕事を受けているから無理だという話が嘘になる。

小宮山がごまかした。

「いい気持ちだろう。八丁堀の連中が右往左往してやがるんだ」

「見に行ったのか。ばれたら大事だろう」

楽しそうな火神楽の与五郎に小宮山が驚いた。

火神楽の与五郎も町奉行所から手配を受けていた。奪った金は千両をこえているうえ、何人もの命を奪っている。それこそ、町奉行所の与力、同心、御用聞きが血眼《ちまなこ》になって探していた。

「なあに、あの仕事は俺さまじゃねえとわかっているからな。表戸を外して入り、店主以外を起こさずに仕事をすませるなんぞ、佐兵衛か白鳥の仕業《しわざ》に違いない。町方の連中もそれをわかっているさ。だから、端《はな》から俺さまのことなんぞ気にもしちゃいねえ。今は八丁堀の面《つら》に泥を塗った相手を追いかけるのに必死で、脇目なんぞ振ってもいねえよ」

火神楽の与五郎が述べた。

「それもそうか」

小宮山がうなずいた。

「わかっただろう。町方の連中は八丁堀しか見ちゃいねえ。他所《ほか》への手配りが薄れている」

「なるほど。その隙を狙おうと」

火神楽の与五郎の狙いを小宮山は理解した。

「だが、いくらなんでも急すぎるだろう。どこの商家に金があるかくらいは調べないと、押し入りましたが小銭しかございませんでしたになりかねぬ」

小宮山が徒労になるのを懸念した。

「ふふふ」

火神楽の与五郎が含み笑いをした。

「そんなことは言われるまでもねえ。いつ行っても金があるところよ。狙いは」

「いつ行っても金のあるところ……日本橋の越後屋《えちご》、白木屋《しろき》、浅草の分銅屋《ふんどう》」

思いつくところを小宮山があげた。

「違うぜえ」

はずれだと火神楽の与五郎が首を横に振った。

「わからん」

「もう一つ条件が付いている。盗まれても御上には訴えられないという縛りがな」

お手上げだと言った小宮山に火神楽の与五郎が加えた。

「盗まれても訴え出られない……」

より小宮山は困惑した。

「西田屋《にしだ》よ」

「……西田屋……まさか、吉原の」

小宮山が絶句した。

吉原は江戸で唯一幕府から許された公認の遊郭であった。浅草田圃《たんぼ》の奥、日本堤を進んだところにある。四方を堀で囲まれ、大門一カ所だけでしか出入りできない。大門からまっすぐ延びる仲の町通りで南北に両断されており、多くの遊女屋が並んでいた。

「おうよ。吉原では一日千両の金が動くという」

火神楽の与五郎が話し始めた。

「よほどの馴染みならば節季払いもできるそうだが、基本吉原はその日その日の支払いだ。西田屋は吉原一の名見世だというじゃねえか。その蔵には男からむしり取った金がたんまりとうなっているだろうぜ」

舌なめずりをしながら火神楽の与五郎が続けた。

「しかも吉原は町奉行所の支配を受けていねえ、江戸で唯一の場所だ。わかるけえ、つまりはやりたい放題というわけよ」

「それほど甘いかの」

小宮山が疑問を呈した。

「昔、何度か吉原へ行ったことはあるが……」

まだ相馬藩士だったころ、参勤交代で江戸へ出たときに先達役の藩士に連れてきてもらったことを小宮山は思い出していた。

「男衆が何人もいたぞ」

さすがに吉原でも名の知れた西田屋に揚がるほどの金はなかったので、はるかに格下の見世で遊んだのだが、それでも客の世話をする男衆はいた。

「女の身体《からだ》で喰っているような連中なんぞ、俺たちの敵じゃねえ。ちいと刃物で脅せば腰を抜かすだろう」

火神楽の与五郎が胸を張った。

「どうだかな。町奉行所が手を出さないなら、万一に備えた力があると思うぞ」

「ふん。吉原は女の城だ。女が主人のところに強い男はいやしねえ。強い男は女を従えるもので、従わされるような玉なしは男じゃねえよ」

火神楽の与五郎が嘯いた。

「どうだ。分け前ははずむぞ」

「……止《や》めておこう」

誘いをあらためて小宮山が断った。

「なぜだ」

火神楽の与五郎の声が低くなった。

「吉原は女を抱くところで、男を倒しに行くところじゃない。二度と大門を潜れなくなるのは勘弁だ」

小宮山が手を振った。

「吉原がだめなら、品川も新宿もあるじゃねえか」

「悪いな。吉原にはちいと思い出もあるのでの」

あきらめない火神楽の与五郎に小宮山が苦笑した。

「阿呆《あほう》だな。こんな儲け話を袖《そで》にするなんぞ。西田屋なら数千両は固い。少なくても一人二百や三百にはなる。それだけあれば、江戸を離れて京や大坂で贅沢三昧《ざんまい》ができるんだぜ」

「住み慣れてる江戸がいい。ではの」

小宮山が小銭を置いて腰をあげた。

「おい」

火神楽の与五郎が声を低くした。

「わかっているだろうが、この話を漏らしたら……」

　ぐっと睨みつけて火神楽の与五郎が小宮山を脅した。

「………」

　小宮山は相手にせず、火神楽の与五郎に背を向けた。

「こいつっ」

　脅迫を無視された火神楽の与五郎が懐に手を突っこみ、忍ばせている匕首《あいくち》の柄《つか》を摑《つか》んだ。

「早死にするぞ」

　振り返りもせずに小宮山が殺気を放った。

「……うっ」

　火神楽の与五郎が動けなくなった。

「盗賊の用心棒は、盗賊を守ることで生きている。金をもらうもらわないに限らず、盗賊を売ることだけはしない。手助けをしないときはあるがな」

「わ、わかってればいい」

　矜持《きょうじ》を振り絞って火神楽の与五郎が懐から手を抜いた。

「……読みが浅い」

茶店を出た小宮山が嘆息した。

次郎吉は一人働きの盗賊である。身の軽さを利用して目立たないようにして盗みを働く。仲間がいないので重い千両箱を持ち出すような大きな仕事はできないが、分け前でもめたり、仲間に売られたり、芋づる式に捕まえられたりする危険はない。

つまり、次郎吉の顔はごく一部の知り合いを除いて誰も知らなかった。

八丁堀を歩きながら、次郎吉が口の端を吊り上げた。

「大店《おおだな》の前に御用聞きが立ってやがる……手遅れだというに」

「辻番じゃあるめえし、同心が辻角で睨みを利かすなんぞ、笑い者だぞ」

次郎吉が嘲笑《ちょうしょう》した。

「まあ、店から金をもらっているからだろうが……」

町方の役人は、薄給を補うため江戸の商家や大名屋敷から心付けのような金を節季ごとにもらっていた。その代償が盗賊や暴漢などから守ることや、店や大名家臣の不祥事を隠蔽《いんぺい》することであった。

「おい、そこの貸本屋」

笑いを隠しながら歩いていた次郎吉を同心が呼び止めた。

「わたくしでございますか」

「おめえだ。見ない顔だな」

同心が応じた次郎吉を胡乱《うろん》な目で見た。

「このあたりに来る貸本屋は、もっと年寄りだったろう」

「どこかで貸本の御用はないかと新たなお得意さまを探しておりまして」

同心の質問に次郎吉が答えた。

「出入り先を探しているだと……こんなときにか」

「こんなとき……なにかございましたので」

より疑わしいと目を険しくした同心に次郎吉が怪訝な顔をした。

「知らねえのか、おめえ」

「ですからなにを知らないとおっしゃっておられるので」

「てめえ、名前は」

「次郎吉と申します」

訊かれた次郎吉はあっさりと本名を告げた。偽名を使うのは容易だが、偽名だと呼ばれたときの反応が遅れることがあった。他人を疑うのが仕事の町方同心は、そのわずかな戸惑いを見抜くのだ。

「どこに住んでいる」

「住まいは霊巌寺《れいがんじ》の裏手でございます」

次の質問に次郎吉は偽りを口にした。

次郎吉という名前はどこにでもあるもので、両国広小路で叫べば四人や五人は振り向く。名前だけで次郎吉を探し出すのは難しい。しかし、そこに住居がくわれば一気に狭まる。なかには長屋のなかに次郎吉が二人いるときもあるが、それでも探し出すのは格段に容易になった。

「……ふん」

淀《よど》みなく答えた次郎吉に同心が勢いを減じた。

「もういい。今はややこしいからな。あまりこのあたりをうろつくな」

「なにがございましたので」

手を振って行けと合図した同心に、次郎吉が興味津々といった風をした。

「知らなくていいことだ。さっさと八丁堀から出ていけ。じゃねえとしょっ引くぞ」

同心が怒鳴った。

「折角《せっかく》来たんでやすから、あそこのお屋敷だけご挨拶をさせていただいても」

「お屋敷……白河さまのか」

次郎吉の指さした屋敷を同心が確認した。

「白河さま……松平越中守さまのお屋敷でございましたか。それはそれは。お屋敷におられるご家中さまには、貸本をいたって好まれる方が多くおられますので」

うれしそうに次郎吉がもみ手をした。

「好まれるか……黄表紙なんぞ、どこがおもしろいのやら。よほど女を抱いているほうが楽しいと思うが……わかった。白河さまだけだ。まちがえても町奉行所の組屋敷には近づくな。みんな、気が立っているからな」

「へい」

無下《むげ》に追い払って、後で白河藩の家臣たちから恨まれても面倒だと考えたのか、同心が次郎吉の願いを認めた。

「ありがとうございまする」

ていねいに頭を下げて次郎吉が同心から離れた。

「案の定、気が立ってやがるぜ。だけどよ、当分、このあたりに入る盗賊なんぞいねえよ」

次郎吉が笑いを噛み殺した。

「さて……」

白河藩松平越中守家上屋敷の門前で次郎吉は立ち止まった。

「そこの者、通らっしゃい」

閉められた表門の左右に立っていた門番が次郎吉に気づき、足を止めると手を振った。

「畏れ入りまするが……」

次郎吉は小腰を屈《かが》めて、門番に近づいた。

「なにやつであるか」

門番が手にしていた六尺棒を次郎吉へ向かって構えた。

「貸本の御用はございませんか」

六尺棒が届かないぎりぎりのところで足を止めた次郎吉が言った。

「貸本屋か……」

門番が六尺棒を下げた。

「へい。黄表紙から講釈本、浄瑠璃《じょうるり》の稽古本《けいこぼん》など取りそろえておりまする」

半歩次郎吉は足を進めた。

「要らぬ」

冷たく門番が拒んだ。

「……艶本のよいのもございますが」

次郎吉がもう半歩踏みこんで声を潜めた。

「艶本……いかん、いかん。そのような下卑《げび》たものを当家の屋敷に入れるわけにはいかぬ。それ以上近づくな」

一瞬興味を見せた門番だったがすぐに強く否定した。

「だめでございますか……」

次郎吉は悄然《しょうぜん》として見せた。

「当家は殿のお考えで学問を奨励《しょうれい》いたしておる。艶本はもとより黄表紙などという雑多なものはならぬ」

「ご家風とあれば、いたしかたございません」

門番の説明に次郎吉が引いた。

「お邪魔をいたしました」

落胆した風で次郎吉が離れた。

「随分と険しいな」

貸本屋は大名屋敷に出入りする商人としては歓迎されるほうである。参勤交代で江戸へ出てきた国元の藩士たちの暇潰しに貸本はなによりだからであった。

国元から江戸へ出てきた当初はもの珍しさもあって休みの日は名所旧跡を巡るのが勤番侍のお定まりだが、それも続かない。出かけると金がかかるからだ。そもそも勤番で江戸へ出ても手当は出ない。参勤交代が大名の義務であるように、江戸勤番は藩士の役割なのだ。そして勤番で江戸へ出るのは当主だけで、妻や跡継ぎ、その他の家族は国元に残される。禄はそちらの生活に使われ、江戸での遊興費にまで回らない。

勤番侍はよほどの高禄でない限り、まず金がなかった。

そんな勤番侍の格好の暇潰しが貸本であった。誰かが一人金を出して本を借りてくれれば、返済するまでは回し読みができる。

暇にさせると、酒に溺《おぼ》れたり金がないのに出歩いて江戸でもめ事を起こしたりする者が出る。それは藩としても面倒なだけに、貸本屋はどこでも歓迎とまではいかなくても、拒まれることはまずなかった。

「お堅い当主だと、下々は息抜きもできずたまらないねえ」

次郎吉がため息を吐いた。

不夜城と呼ばれている吉原だが、もっとも賑《にぎ》わうのは夕刻であった。これは、武家が泊まりの遊びを認められておらず昼から来て日暮れ前に帰るのと、仕事を終えて泊まりで遊ぼうとする町人の客が交錯するからであった。

「ぬかるなよ」

火神楽の与五郎が手下たちを連れて吉原の大門を潜ったのは、その喧噪《けんそう》が過ぎ去った暮れ六つ（午後六時ごろ）であった。

「親分、遊女にいたずらしても」

「かまわねえ。好きにしろ。ただし、抵抗しそうな男衆や客を押さえてからだ。それまでは我慢しな」

手下の要求を火神楽の与五郎が条件付きで認めた。

「やったぜ。吉原の格子女郎を抱いてみてえと思っていた」

歓声を手下があげた。

吉原も時代の流れには逆らえず、開業したてのころにもてはやされた大夫《たゆう》という高級な遊女は廃《すた》れていた。

一度目は会うだけ、二度目でようやく声を聞け、三度通ってやっとことに及べる。どれだけ教養があり、茶道や華道、詩歌音曲に秀でた美形であっても、手間と金をかけてもやることは一緒である。

別段、遊女と歌会をするわけではなく、ほとんどの客の望みは市中では見られないような美女と一夜の逢瀬《おうせ》を楽しむことだけなのだ。

岡場所に押され衰退しかけた吉原は変わらざるを得なくなった。結果、吉原は大夫に比べて、簡単に閨へ呼べる格下の格子女郎を主力にした。

「西田屋は最初の角を右へ曲がって二軒目だ。まちがえるなよ」

火神楽の与五郎が人通りの多い仲の町通りに面した三浦《みうら》屋や卍《まんじ》屋ではなく、少し引っこんだ西田屋を狙ったのは他人目《ひとめ》を少しでも避けるためであった。

「やっちまえ」

「おう」

西田屋の前で火神楽の与五郎が号令をかけ、手下が見世へ暴れこんだ。

「……小宮山の代わりなんぞ、誰でもできるわ」

火神楽の与五郎が西田屋の暖簾《のれん》を背に立った。

「わああ」

「なんなんだ、こいつ」

西田屋での騒ぎが周囲に響いた。

「見世物じゃねえ。とっとと行け」

立ち止まって西田屋の状況を見ようとする野次馬を火神楽の与五郎が怒鳴りつけた。

「……っ」

「怖いことだ」

たちまち野次馬が散った。

「なんだ、簡単じゃねえか。これなら小宮山を雇わずによかっ……ぐっ」

不意に後ろから口を塞がれた火神楽の与五郎が詰まった。

「…………」

暴れようとした火神楽の与五郎の抵抗も虚《むな》しく、その姿が西田屋のなかへ吸いこまれていった。

「……おいでなさいまし。どうぞ、いい女が揃《そろ》っておりますよ」

しばらくして西田屋の名前が入った法被《はっぴ》を着た男衆がなにもなかったかのように客引きを再開した。

四

縄張りの見廻りをすませたお梗が怪訝そうな顔で戻ってきた。

「どうかしたのか」

小宮山が問うた。

「一日広小路にいたけど、御用聞きの姿がなかったのよ」

お梗が不思議そうに首をかしげた。

「八丁堀のことがあったとはいえ、ちょっと長くないかしら」

すでにあれから十日が過ぎていた。

「少し気になったから、浅草まで足を延ばしたのよ」

「大丈夫か。浅草は縄張りではないだろう」

掏摸《すり》の縄張り意識は高い。うかつに他所の縄張りへ足を踏み入れると命の遣《や》り取りに発展しかねなかった。

「大丈夫よ。そのあたりは心得ているもの」

心配した夫をお梗が宥めた。

「縄張りの境目付近は、けっこう曖昧《あいまい》なの。獲物を追っていたら踏みこんでましたになっても困るから」

仕事をするときは他のものが見えなくなるほど集中する。それが掏摸の性《さが》であった。

「浅草は御用聞きがうるさいところなんだけどね。その御用聞きがいなかった」

町奉行所の与力、同心から十手を預かっている御用聞きも縄張りを持っている。与力、同心からもらえる手当で足りない分を縄張りの商家から合力という名前でもらっている。それだけに縄張りの商家を怒らせないよう、足繁く縄張りを巡回し、目立たなければならなかった。

「地元に愛想を尽かされては干上がるだろう御用聞きが十日も姿を見せない……」

妻の言葉に小宮山が驚いた。

「どうしよう」

「これは佐兵衛どのと話をしたほうがよさそうだ」

お梗に小宮山が提案した。

盗賊が長く生きていくには、なによりも慎重でなければならない。

佐兵衛は愛妾のお光と二人でのんびりと過ごしていた。

「おや、今日もお休みですか」

「ええ。上方《かみがた》へ行って帰ってきましたので、しばらくは骨休めですね」

近隣の問いに佐兵衛が笑った。

「いいご身分ですなあ」

「でもございませんよ。行商はいろいろとございますのでね。大きく儲けるときもあれば、損を喰らうこともありますから」

うらやましがる近隣に佐兵衛が手を振った。

佐兵衛は店を持たず行商でものを動かし、利を得ていると近隣をごまかしていた。

「おられるか」

「これは小宮山さま」

行商の用心棒だと佐兵衛は小宮山のことを近隣に紹介していた。

「ご無沙汰をしております」

浪人の妻らしい慎《つつ》ましやかな態度でお梗も挨拶をした。

「お内儀《かみ》さまもご一緒でございましたか。どうぞ、あがってくださいな」

佐兵衛がにこやかな顔をしながら、目だけを光らせた。

「次郎吉どのは」

奥へ通された小宮山が訊いた。

「そろそろお出でになると思いますよ。毎日夕餉《ゆうげ》を食べに来られますから。次郎吉さんは独り身でございますからね。炊事をするのも面倒なんでしょう」

佐兵衛が笑った。

「たしかに一人だと飯を炊くのも面倒だな」

この間まで独り身だった小宮山が同意した。

「ごめんなすって。これは、小宮山さま、お梗さんもお見えでございましたか」

笑い合っているところへ次郎吉が来た。

「なにやらお話があるらしい」

佐兵衛が次郎吉に座るようにと手で合図をした。

「じつはの……」

一同が聞く姿勢になったのを確認した小宮山がお梗の見てきたことを話した。

「お梗さん、浅草もかい」

真剣な目つきで佐兵衛が念を押した。

「ええ」

お梗がうなずいた。

「浅草は八丁堀にも遠いし、なによりあそこは観音さまへお参りする人々で朝から晩まで雑踏だ。御用聞きの目がないとなれば、掏摸《すり》や強請集《たか》りが山のように出るぞ」

佐兵衛が驚いた。

「まちがいなく、浅草の御用聞きは合力を失いますぜ」

次郎吉が断言した。

「それをわかっていながら……御用聞きに縄張りを空けさせることのできる相手は……」

「十手を渡している旦那と呼ばれる与力、同心しかおらぬな」

顔を向けた佐兵衛に小宮山が答えた。

御用聞きが商家から金を集められるのは、町奉行所という権威の後ろ盾があるからだ。非公式ながら町奉行所の手下として十手を持っているということが、御用聞きたちに力を与えている。

「ちょっと来い」

「あらためさせてもらうぜ」

こういった御用聞きの行動は、町奉行所が認めているからこそ許されていた。

当然、十手を失えば、御用聞きはただの町人になった。他人を捕まえたり、店の品物が違法でないかどうかを確かめる権はなくなり、そんな役立たずに商家は金を払わなくなる。

「いなくなった御用聞きはどこに」

ふと佐兵衛が疑問を口にした。

盗賊にとって町奉行所の動向は、まさに死命を制しかねない大事である。穏やかな佐兵衛が焦っていた。

「八丁堀でござんしょう」

「あそこは町奉行所の組屋敷がほとんどで、商家は数えるほどしかないはずだ」

次郎吉の答えに佐兵衛が首を横に振った。

「もう一度、確かめに行きやすか」

「明日にでも頼めるかい」

　申し出た次郎吉に佐兵衛が頭を下げた。

「我らはどうしようか」

　小宮山が尋ねた。

「お梗さんには、他の縄張りの様子を訊いてもらいたい」

「あい。ですが全部とはいきませんよ。仲の悪いのもいるから」

　掏摸同士、誰もが知り合いというわけではないとお梗が述べた。

「できる範囲でいいよ」

　佐兵衛が認めた。

「で、小宮山さまには……」

　一拍佐兵衛が空けた。

「白河松平さまの中屋敷と下屋敷が、八丁堀の一件を受けて警固を強くしたかどうかを見てきていただきたい」

「承知した」

　佐兵衛の求めに小宮山がうなずいた。

第三章　陰の手立

一

江戸城でもっとも重要なところは将軍家の居間である御休息の間になる。そしてもっとも忙しいのが老中の執務部屋である上の御用部屋であった。

上の御用部屋には幕政の密事が転がっている。当然、外へ漏れてはまずい。それこそどこの大名に新たなお手伝い普請をさせようとか、どの旗本を次の長崎奉行にしようとかが知られてしまえば、それをどうにかしようとする者で城中の混乱は収拾がつかなくなる。

それを防ぐため、上の御用部屋はたとえ御三家であろうが、若年寄であろうが一切足を踏み入れることは許されていなかった。

「…………」

上の御用部屋前の畳廊下、通称入り側を通りながら松平越中守定信は苦く頬をゆがめた。

「なぜ、余がここに入れぬ」

他人目《ひとめ》がないことを確認した松平定信が憎々しげな声で呟いた。

「……主殿頭ごときが」

松平定信を田安家から白河藩へと放り出した仇敵田沼主殿頭意次は明和六年（一七六九）に老中格となり、上の御用部屋へ出入りできるようになっていた。

「足軽の出、下賤の者に天下の政《まつりごと》ができるものか」

八代将軍吉宗の孫という高貴な生まれの松平定信にとって、紀州家の足軽だった田沼家の末裔《まつえい》が老中だなど我慢できなかった。

「上様のご寵愛が天下を腐らせる」

他人に聞かれたら十代将軍家治を非難したと指弾されかねないことを、松平定信は口にした。

田沼意次は九代将軍家重と家治の寵愛によって立身した。

「上様はお城から出られぬ。ゆえに天下がどれほど疲弊《ひへい》し、民があえいでいるかをご存じではない。それをよいことに主殿頭は天下をほしいままにし、私腹を肥《こ》やしている」

松平定信が襖《ふすま》の向こうにいるだろう田沼意次を睨みつけた。

「このままでは、徳川の天下は崩れる」

大きく松平定信がため息を吐いた。

「金ですべてが左右されている。能力のある者でも金がなければ世に出られず、金のある無能がお役に就《つ》く。主殿頭が金を受け取り、人を引き立てるゆえ、下もそれに倣《なら》う」

松平定信が首を左右に振った。

「これは越中守さま。御用でございましょうか」

上の御用部屋の襖が開いて、なかからお城坊主が出てきた。

余人の立ち入りを許さない上の御用部屋だが、老中の雑用をおこなうお城坊主と書付《かきつけ》の処理を担当する奥右筆《おくゆうひつ》だけは別であった。

「主殿頭どののご都合を伺ってくれぬか」

ゆがんでいた表情をもとに戻し、松平定信が頼んだ。

「叶《かな》うかどうか、わかりませぬが」

老中は忙しい。会いたいと言ってもかならず認められるとは限らなかった。

「ちゃんと余の名前を伝えたのか」

「なんとかするのがお城坊主であろう」

断られた大名や役人から八つ当たりをされてはたまらない。お城坊主が万一への布石を口にした。

「承知いたしておる」

松平定信がうなずいた。

「では、しばしお待ちをくださいませ」

深々と頭を下げてお城坊主がふたたび上の御用部屋へ消えた。

「悪弊じゃの。あれも」

松平定信が苦虫を嚙み潰したような顔をした。

お城坊主は武士の身分でさえない二半場《にはんば》といわれ、俗世とかかわりがない、政などに興味を持たないとの意思表示代わりに僧体をとっているだけで、小者《こもの》と同じである。禄も表坊主で二十俵二人扶持《ぶち》、組頭で四十俵、坊主を管轄する同朋頭、数寄屋頭で二百俵と少ない。

身分も禄も低いため、そのままでは生活が苦しい。そこで江戸城内の雑用を引き受けて心付けをもらうという慣習ができた。

心付けにも、用を頼んだときに支払う形のもの、節季ごとにいくらと決めて普段は支払わない形の二種類があった。

役人や将来若年寄や老中などになりたい大名や、御三家、名門外様《とざま》など城中での所用がそこそこ見こまれる者は節季ごとのまとめ払いをすることが多い。

いずれは老中首座となって幕政改革をしたいと願っている松平定信も、節季払いをしている。

「少ないとはいえ、御上から禄をいただいておきながら心付けを強請《ゆす》るなど、幕臣にあるまじき浅ましき所業である」

松平定信が険しい目をした。

「心付けをもらえなければ、声をかけられても聞こえぬふりをする。あるいは、後回しにするなど、市井《しせい》の者どもにも劣《おと》る」

金をくれた人とくれない人で差を付けるのは、なにもお城坊主だけではない。金をくれるというのは、相手が気を使ってくれたという証拠なのだ。当然、好意には好意で返すべきであり、心付けをくれた大名や、旗本の所用はすばやく、ていねいにこなす。そうしなければ、次から心付けをもらえなくなる。

そうなるとくれない者の相手はどうしても後回し、おざなりになる。

聞こえないふりは、応対したのにいつまでもなされなければ、苦情を言われるからで、聞こえていなければ引き受けていないのだから、どれだけ遅くなろうが、なにもしなくても怒られることはない。

「天下の江戸城内でこのような悪習は止《や》めるべきだ。余が老中になったならば、主殿頭の排除の次にお城坊主を入れ替えてくれる」

甘受し続けた余得がなくなるのは、なかなか理解できない。金をもらうのが当たり前になってしまっている連中は、明日から禁止されるといわれたら反発する。

お城坊主ごときになにができるかと強行することは容易だが、目に見えないところで手を抜く、誠心誠意果たさないといったごまかしをしかねない。ならば、悪習に染まっている連中を切り捨て、まっさらな者たちを新たに雇い入れるほうが効率がいい。

松平定信は頭のなかの備忘録に新たな一行を記した。

「お待たせをいたしましてございまする」

お城坊主が戻ってきた。

「どうであった」

「入り側にてお控えあれとのお言葉でございました」

首尾を問うた松平定信にお城坊主が告げた。

「……わかった」

一瞬、息を呑んだ松平定信がうなずいた。

すっと松平定信が上の御用部屋から少し離れた。

「控えろだと。余は将軍の血筋ぞ。その余を……」

松平定信が歯がみをした。

老中の執務時間は朝四つ（午前十時ごろ）前から昼八つ（午後二時ごろ）と決められている。もちろん、これだけで処理できるほど天下の政は甘くなく、老中たちは自邸でも執務をしている。だが、城中上の御用部屋を使えるのは、わずか二刻（約四時間）ほどでしかない。役人の頂点に立つ老中が遅くまで執務室に残っていれば、下僚《かりょう》が帰りにくいからだ。

とはいえ、短い時間だからこそ、執務に集中する。老中への面会は、その隙を縫ってとなるため、かなりの時間待たされるのが常識であった。

「主殿頭さま、そろそろ」

続けて書付を処理していく田沼意次にお城坊主がおそるおそる声をかけた。

「…………」

田沼意次は顔もあげずに書付を読み続ける。

「越中守さまが……」

もう一度お城坊主が口を開いた。

「……越中守だと」

「さきほど、お目通りを願ってお見えとご報告を」

怪訝な顔をした田沼意次にお城坊主があわてた。

「であったかの。まあいい。越中守ならば、御用が第一とわかっていよう。待つくらいは苦にもすまい」

あっさりと田沼意次が述べた。

「……………」

お城坊主が顔色を変えた。

「そろそろかの」

さらに小半刻（約三十分）ほど執務をした田沼意次が書付を置いた。

「どこだ、越中守は」

立ちあがった田沼意次が問うた。

「御用部屋外の入り側にてお控えなされております る」

「そうか」

お城坊主の返答に田沼意次が手を振った。

「越中守、待たせたかの」

上の御用部屋を出た田沼意次が松平定信を見つけた。

「……………」

たっぷり半刻（約一時間）以上放置された松平定信が田沼意次に強い眼差《まなざ》しを向けた。

「どうかしたか、越中守。御用繁多の最中である。用がないならば呼び出すな」

あいさつさえできない松平定信に田沼意次が責めた。

「……申しわけございませぬ。ご多用のなか、お手間を取らせましたことをお詫びいたしまする」

苦さの漂う口調で松平定信が謝罪した。

「で、なんじゃ」

謝罪を流して、田沼意次がさっさと話せと急《せ》かした。

「かつて紅葉山東照宮から神君家康さまご奉納刀が紛失したことがございました」

「……そういうこともあったたな」

言った松平定信を田沼意次が疑わしそうな目で見た。

「たしか、そなたが……」

「疑われ申しました。直前に東照宮へ参拝いたしておりましたゆえ」

田沼意次の反応に松平定信が首を縦に振った。

「で、今更なんだ。昔の恨み言を聞かせにきたわけではなかろう」

前置きはいいと田沼意次が先を促した。

「それらしき刀が見つかったとの噂が」

「ほう、それはまことか」

松平定信の言葉に、田沼意次が興味を見せた。

「で、その刀は、越中守のもとにあるのかの」

「いえ。同じような拵《こしら》えの刀が出回っていると当家の留守居役が耳にして参りまして」

「ほう、詳細を聞かせよ。こちらで探しだそう」

松平定信の答えに田沼意次が応じた。

「いえ、それをわたくしにお任せいただきたく」

田沼意次の求めに松平定信が首を横に振った。

「お城下ならば町奉行、寺社に奉納されているならば寺社奉行、大名や旗本のもとにあるならば目付《めつけ》の役目ぞ」

他人の職分へ口を出すなと田沼意次がたしなめた。

「承知いたしておりまするが、わたくしにとって冤罪《えんざい》のもととなりましたもの。吾《わ》が手で回収して、疑いを完全に払拭《ふっしょく》いたしたく」

松平定信が望んだ。

「汚名をそそぎたいと申すか」

「ご配慮いただきたく」

確認した田沼意次に松平定信が頭を下げた。

「ふむう」

田沼意次が腕を組んだ。

「紅葉山東照宮から盗まれたものがやっと取り戻せる機とあれば、無下にはできぬ。越中守ならばまちがいないとは思うが、こちらも知っていてなにもせずとはいかぬ。日限を切る。それまでに回収できなかったときは、目付にさせる」

目付を出す。暗に田沼意次が白河藩の屋敷に手を入れるぞと釘を刺した。

「わかりましてございまする。いつまでにいたせば」

松平定信がどれだけの余裕をもらえるのかと質問した。

「そうよな……一月《ひとつき》。今月の末までといたそう」

「今日が五日……二十五日でなせと。それだけいただければ十分でございまする」

期限を口にした田沼意次に松平定信が了承した。

「よろしかろう。その代わり月末までになせなかったときは、覚悟いたせよ。余の手出しを断ったのだからな」

田沼意次が松平定信に宣告した。

二

盗賊でも名だたる者は勤勉であった。

「親分さんはお出《い》ででござんすか」

佐兵衛の宿《やさ》に中年の男が訪れた。

「おや、これは棟梁《とうりょう》。ようこそのお出でで」

佐兵衛の妾、お光が出迎えた。

「どうぞ、奥へ」

「邪魔をさせてもらうぜ」

棟梁が手拭《てぬぐ》いで足の砂埃《すなぼこり》を払ってあがった。

佐兵衛の宿はもと大店《おおだな》の番頭が通いになるために借りていた家である。その番頭が大坂の出店を任されて引っ越したあとを佐兵衛が買い取った。しもた屋の分類にはなるが、店として建てられたものではないため、土間も廊下も狭く、そのぶん座敷が広めになっていた。

「ご無沙汰で」

奥の座敷前の廊下で棟梁が一礼した。

「お久しぶりだね、棟梁。相変わらずお元気そうでなにより」

佐兵衛が歓迎した。

「まあ、口を湿しておくれな。光」

「はい」

手を叩いた佐兵衛にお光がうなずいた。

「こいつはありがたい。親分さんのところはいい酒だからな」

棟梁が喜んで膝を崩した。

「……どうぞ」

お光が棟梁の盃に酒を注いだ。

「美酒に美人とは、たまらないね。かたじけなし」

棟梁が盃を押しいただいてから呷《あお》った。

「……かああ、五臓六腑《ごぞうろっぷ》に染み渡る」

大仰に棟梁が感激した。

「さて、酔う前に仕事の話をしやしょう」

盃を置いた棟梁が真面目な顔になった。

「光、頼む」

「あい」

佐兵衛の合図にお光が座敷を出ていった。

「相変わらず、用心深いことだ」

お光が周囲に他人の目や耳がないかを見張りに行ったとわかっている棟梁が感

心した。

「世間さまに誇れる仕事ではないからね」

佐兵衛が苦笑した。

「たしかに」

うなずいた棟梁が懐《ふところ》から油紙の包みを取り出し、包装を解《と》いた。

「見てくれ」

膳を片寄せた棟梁が油紙のなかから出てきた大きな紙を拡げた。

「これはどこだい」

覗《のぞ》きこんだ佐兵衛が大きな紙に書かれている絵図の場所を問うた。

「日本橋小網町一丁目の大蔵屋《おおくら》でござんす」

「……日本橋の大蔵屋といえば、諸大名方お出入りの薬種商じゃないか。江戸でも指折りの老舗《しにせ》」

棟梁の答えに佐兵衛が驚いた。

「老舗の絵図なんぞ、どうやって」

何代もの歴史を重ねてきた老舗は、大工や左官などの出入り職人も決まっている。棟梁が代替わりしてもそのままつきあいを続け、他の仕事を受けなくても食べていけるだけのものを支払うことで抱えこむ。いわば、子飼いの奉公人と同じであり、老舗への忠誠も厚い。

「大蔵屋の代替わりはご存じで」

「いや、あいにく」

棟梁の確認に佐兵衛が首を横に振った。

「つい三カ月ほど前のことだけにまだ耳に届いてなくても無理はございませんか」

「いや、世間を狭くしていたようだ。気をつけなければいけないね」

しかたないことだと言った棟梁に、佐兵衛が自戒を口にした。

「先代の大蔵屋が三カ月前に急死、それもどうやら病気じゃないらしく」

「病気じゃない……先代の大蔵屋といえば番頭から家付き娘の婿になった男で、まだ五十前だったはずだけど」

棟梁の話に佐兵衛が首をかしげた。

「見たわけじゃねえが、噂だと跡継ぎの息子と喧嘩《けんか》になって突き飛ばされたとか」

「打ち所が悪かったというやつかい」

佐兵衛が腕を組んだ。

「しかし、子が親をわざとじゃなくとも死なせたとあったら、大評判になるだろう。だが、そんな噂は聞いたことがない」

佐兵衛が棟梁を見た。

江戸は南北の町奉行所を頂点とし、町内を網羅する自身番を末端として類を見ない防犯体制を築きあげている。

町役人が私費で維持する自身番は町内へ出入りする者を監視し、見慣れぬ者の侵入などをいち早く把握し、状況に応じて町奉行所へと報告する。

こうして町内の安全を維持している。

おかげで江戸の犯罪は他の城下や宿場に比べて少ない。まして人殺しなど何年に一度あるかないかであり、おこなわれれば数年にわたって話題になるほどであった。

「もみ消した……」

「おそらくは」

佐兵衛の発言を棟梁も認めた。

「大蔵屋ほどの大店になれば出入りの金も多いだろうな」

「町奉行所も強くは出られますまい」

二人が顔を見合わせた。

出入りとは商人や大名などが町奉行所へ付け届けをすることをいう。節季ごとに金を渡すことで、不祥事を隠してもらうのだ。

名のある商人にとって不祥事は店の暖簾《のれん》を傷つける。大名にとって家臣と江戸の町民とのもめ事はお家にかかわる。問題をなかったこと、あるいは内済《ないさい》にしてもらうためには金が要る。

そしてことが起こってからでは、後手に回ってしまう。あらかじめ金を遣っておけば、ことが公になる前に防げる。

「されど、人死にが出たとあっては町奉行所も知らぬ顔をしにくかろうに、それをさせるとは、大蔵屋は相当金を持っているな」

佐兵衛の目つきが変わった。

「蔵三つで二万両は固いはず」

棟梁が応じた。

「……どこからだい」

蓄えている金の嵩《かさ》と絵図の出所を佐兵衛が尋ねた。

「先代に仕えていた番頭から」

「番頭が店を売った……」

棟梁の答えに佐兵衛が眉《まゆ》をひそめた。

「あと一年で奉公を終え、暖簾分けをしてもらうはずだったのが、当代から切られたと」

「馬鹿だな、当代は」

佐兵衛があきれた。

「たしかに先代に尽くしていた番頭が、当代にきつく当たるのは当たり前だし、使いにくいのもわかるが、ことの次第を知っているのだろう。そんなやつを放してどうする」

「一応、口止めの金はくれたらしいが、暖簾分けできるほどじゃなかったらしい。

それで腹を立てたのだろう。本人は大恩ある先代さまの仇討《かたきう》ちだとほざいていましたけど」

棟梁が小さく笑った。

「飼い殺しにするか、大金を渡して身内に取りこむか、それに気づかないとは、老舗の大蔵屋も当代で終わるな」

「喧嘩の原因も婿で大蔵屋の血を引いていない父親ではなく、家付き娘の腹から産まれたてめえが主《あるじ》にふさわしい、さっさと家督を譲れと息子が迫ったことだとか。大店にままあるお家騒動だが、ここまでいくのは珍しい」

ため息を吐いた佐兵衛に棟梁も同意した。

「となると……大蔵屋の蔵で寝ている二万両もそう遠くない未来《さき》に遣い果たされるな。馬鹿が店をやっていけるほど江戸は優しくない」

佐兵衛が続けた。

「無駄に消えていく金ならば、わたしたちがいただいてもいいでしょう。いや、いただくべき」

にやりと佐兵衛が笑った。

「おいくらで売ってくださる」

　佐兵衛が棟梁を見た。

「四百両と言いたいところでござんすがね。佐兵衛の親分さんとはつきあいも長い。三百両では」

「三百両とは、少し欲張りすぎじゃないかい」

　金額を告げた棟梁に佐兵衛が首を横に振った。

「二万両ですよ」

「そのままあるとは思えないよ。今から様子を見て、人を集め、道具などの手配をしたとして、早くても三カ月は先の話だよ。馬鹿な主なら、二万両が五千両くらいに減っていても不思議じゃない」

　指を二本立てた棟梁に佐兵衛が手を振った。

「店の絵図面があるというに」

　棟梁が驚いて見せた。

　どこに蔵があり、どこに店の者が寝泊まりしているかがわかっているだけで、盗みの手間は随分と省ける。

「いつの絵図面だい、それは」

「蔵にしまわれていたのを番頭が持ち出したという話でござんすから……」

「よくて数年、下手をすれば建てたときのものかも知れませんな」

佐兵衛が苦い顔をした。

盗賊にとって、忍びこもうと考えている屋敷の絵図面は喉から手が出るほど欲しいものであった。基本、盗賊は少しでも早く獲物を手にして、出ていきたいと考えている。もし、なにも知らずになかへ入ってから、どこに金があるのかを探していては手間になる。そのわずかな手間が致命傷になりかねない。

もう一つ、絵図面をあらかじめ見ておけば、万一のとき、どこから逃げ出せるかなどの検討ができる。

優秀な盗賊ほど絵図面を活用したが、そのまま鵜《う》呑みにはできない。襖の位置が変わっていたり、衝立《ついたて》が増えたりなどの変更があるかも知れない。絵図面だけに頼っては、致命傷になるときもあった。

「絵図面どおりか、変更があったかを確かめなきゃ使えないよ」

「…………」

佐兵衛に言われた棟梁が黙った。

「棟梁」

佐兵衛が声を真剣なものにした。

「他のところへ持ちこんだりしてないだろうね」

金の二重取りを考えたりしてはいないなと佐兵衛が釘を刺した。

棟梁のように店や屋敷の絵図面を盗賊へ持ちこんで金にする者は図面屋と呼ばれていた。

客が客だけに図面屋もまともではない。それこそ絵図面の写しをいくつか作って、名のある盗賊連中に売りつけるということも多い。

ただ、これは好まれないが、禁じ手ではなかった。なにせ盗賊である。端から誠実だとか仁義とかは持っていない。相手を出し抜いていくらなのだ。

また絵図面を買っても盗みに行かない親分もままあった。危険と実入りが折り合わないだとか、十全の用意をと数年かける者もいる。そういった連中に絵図面が渡っていれば、せっかくの獲物が沈んでしまう。

それに図面屋には売却代金以外に、盗んで来た金額の多寡《たか》で心付けが出た。

「おかげで稼げたよ」

「楽だった。また頼む」

盗みを成功させた親分たちは、出物を持ちこんだ図面屋との縁を繋ぎ止めておくため、儲けによって上下するが、幾ばくかの金を出した。

ようは、図面屋は盗賊が動いてくれないと儲けが薄くなるのだ。何人かの親分に図面を売り払って当然であった。

「勘弁してくれ。佐兵衛さんのところに持ちこんだんですよ。他になんぞ……」

棟梁が首を左右に振った。

「こちらにも誇りはある」

そんなまねはしないと棟梁が胸を張った。

「なら結構。せっかくの図面です。百両で買いましょう」

「百……それではこちらがやっていけない」

穏やかな口調に戻った佐兵衛へ、棟梁が抗議した。

「番頭に五十両もくれてやったんですよ。それが百では、危ない橋を渡るだけのうまみがなさすぎる」

図面屋のほとんどは、普段から大工や左官、鳶《とび》などをしている。棟梁も腕利きの職人を抱えた名大工として知られている。

これは建築に携《たずさ》わることで図面の正確さを一目で見抜けるからだ。でなければ、百鬼夜行の盗賊や怪しげな図面を持ちこんでくる連中と交渉などできるはずもないが、それは同時に表の職業を危ない連中に知られているという意味でもある。いつ御上に売られるかわからないという怖《おそ》れを抱いての仕事だけに、十分な報いを求めるのは当たり前のことであった。

「百じゃ足りませんか。では、百五十両出しましょう。それと大蔵屋からいただいた金の一部を後で追加します」

「むうう……」

棟梁が新たな条件を前に唸《うな》った。

「ところで」

返事を待たずに佐兵衛が話を始めた。

「一つ手に入れて欲しい図面があります。これは五百両で買い取りましょう」

「五百両……」

すさまじい金額に棟梁が息を吞んだ。

「ど、どちらの図面を手配すれば……」

「八丁堀、白河藩上屋敷」

佐兵衛が告げた。

三

田沼意次との話を終えた松平定信は上屋敷へ帰るなり、腹心の家臣を呼んだ。

「御用でございましょうか」

「他人払《ひとばら》いをいたせ」

書院へ顔を出した腹心に松平定信が命じた。

「……いたしましてございまする」

一度書院の外へ出て、控えている小姓たちを遠ざけた腹心が戻って報告した。

「うむ。近《ちこ》うよれ、掃部《かもん》」

松平定信が腹心を手招きした。

「はっ」

「……そなたは余のために命を捨てられるか」

近づいた掃部に松平定信が訊いた。

「お案じなさいますな。わたくしめは田安家からお供をして参りました殿の臣でございまする」

掃部がじっと松平定信を見つめた。

「そうであったの。そなたは旗本の身分を捨てて、余に付いてきてくれた」

松平定信が首肯《しゅこう》した。

御三卿の一橋、田安、清水《しみず》の三家は将軍家お身内衆と呼ばれる。これは御三家のように領土を持つ独立した大名ではなく、徳川本家に残っている一門といった立場であった。

八代将軍吉宗、九代将軍家重によって創設されただけに御三卿は血筋が近く、将軍継承という点においては御三家を上回るが、それ以外では大名というにも辛いていいどでしかなかった。

まず、固有の領土はなく、毎年幕府から賄《まかな》い領として玄米十万俵が支給される。

さらに領地がないため家臣がいない。さすがに当主やその一族の世話をする者はいるが、それらのほとんどは旗本から役目として御三卿付を任じられた者であり、御三卿の当主に忠誠を誓う家臣ではなかった。

「殿のご器量に惚《ほ》れ、無理をお願いいたしました」

田沼意次の策略で将軍になれる田安家の子供から、一大名でしかない白河松平の跡継ぎへ追い出されるとなったとき、松平定信の才能を惜《お》しんで反対した者は多かった。田安家付の旗本もそのほとんどが松平定信を田安家に残すべしと上申したが、田沼意次の意見を採用した十代将軍家治の上意には勝てなかった。

将軍の意志に逆らえば、旗本としてやっていけない。田安家付の旗本たちが涙を呑んで松平定信を見送るなか、掃部は旗本という家柄を捨てて従った。

「そなたこそ、吾が半身じゃ」

「畏れ多いことでございまする」

あらためて褒めた松平定信に掃部が感激した。

「掃部、あの棚を開けよ」

松平定信が背後の袋戸棚を指さした。

「はい」

すぐに掃部が動いた。

「……なにも入っておりませぬが」

開けた掃部が怪訝な顔をした。

「右側の板が外れるようになっておる。壁板の奥下に小さな欠けがある。そこに爪を引っかけて引け」

「欠け……ございました。これを引く」

言われたとおりに掃部が壁に偽装された板を外した。

「手を突っこんで上を探れ」

「上でございますか。板が……」

「その板は押しあげれば左へずれるようになっておる」

「……ずれましてございまする」

掃部が松平定信に応じた。

「太刀があろう」

「……はい」

れをここへ」

「しばし、お待ちを」

太刀は拵えも入れると三尺（約九十センチメートル）近くになる。ずらした板の隙間から取り出すだけでもたいへんなのに、それが戸棚の二重隠しの奥ともなればかなり面倒であった。

「……お待たせをいたしましてございまする」

しばらくして掃部が刀袋に入れられた太刀を松平定信の前へ届けた。

「うむ」

大仰にうなずいて、松平定信が刀袋を受け取り、ほどき始めた。

「それは……」

出てきた太刀の拵えに掃部が絶句した。

黄金造りの鞘《さや》に三つ葉葵《あおい》の金紋が打たれている。その造りは徳川家の家宝のものであった。

「神君家康公の御太刀である」

「ははっ」

太刀を捧げ持った松平定信に掃部が平伏した。

「掃部よ、このような宝がなぜ余のもとにあるのか、存じおるか」

「……わかりませぬ」

少しだけ考えた掃部が首を小さく左右に振った。

「盗んだのよ」

「……えっ」

松平定信の言葉に掃部が間抜けな声を漏らした。

「な、なんと仰せに」

「盗んだと申した。紅葉山の東照宮へ奉納されていたこれを余が持ち出した」

驚いて聞き直した掃部に松平定信が淡々と述べた。

「げ、げええ」

掃部が驚愕した。

「落ち着け、掃部。大声を出すな。他人に聞こえる。なんのために他人払いをさせたと思っておる」

松平定信がため息を吐いた。

「申しわけございませぬ。ですが……城中東照宮からなど」

詫びた掃部がわずかに頭を上げて、松平定信を見た。

「わかっておる。話を聞け」

松平定信が掃部に黙れと言った。

「余がこれを盗んだのは、江戸城田安館を去る直前じゃ。東照宮さまにお暇乞《いとまご》いをしたいと願い出て、一人で参拝したときに、お社《やしろ》のなかへ入りこんで……」

経緯を松平定信が語った。

「……何振りもある奉納刀のなかからこれを選んだのは……村正だからじゃ」

「む、村正……徳川家に祟る魔刀」

ふたたび掃部が愕《おどろ》きの声を出した。

「……掃部」

「も、申しわけございませぬ」

冷たい声を出された掃部が蒼白《そうはく》になった。

「次はない」

「…………」

掃部が無言で首を何度も縦に振った。

「なぜ、余が村正を選んだのか。佩刀《はいとう》にするならば正宗でも吉次《よしつぐ》でも長船でもよいのにだ。わかるか」

「……いいえ」

問われた掃部が少し考えてわからないと答えた。

「村正は徳川の本家に祟るからよ。家康さまの祖父、父ともに、村正で死んだ、あるいは死のきっかけになっている。家康さまの長男信康《のぶやす》公が謀叛を疑われ、織《お》田信長《だのぶなが》から切腹を命じられたときに使った脇差《わきざし》も村正じゃと言われておる。じつに三代、本家の嫡流を殺しているのが村正じゃ」

「本家の嫡流に祟る……まさか、殿」

掃部が気づいた。

「家治を呪う。そして余ではなく本家の跡継ぎとなった一橋豊千代《とよちよ》を呪う」

松平定信が口にした。

「…………」

将軍とその世子を呼び捨てた松平定信に掃部が震えあがった。

「家治と一橋豊千代の二人が死ねば……余に回って来よう、大樹の座は」

松平定信が暗い笑いを浮かべた。

「臣籍に降りたとはいえ、余が八代将軍吉宗さまの孫であることに変わりはない。そうであろう」

「ま、まちがいございませぬ。殿こそ正統」

熱に浮かされたような目で見てくる松平定信に掃部が同意を示した。

「だが、その呪いを知られてしまった」

「どなたさまに」

「主殿頭、田沼主殿頭じゃ」

「ひっ」

訊いた掃部が松平定信の告げた名前に腰を抜かした。

十代将軍家治の信頼と寵愛を一身に受けている田沼意次の権力はすさまじい。それこそ御三家であろうが、御三卿であろうが、不興を買えば潰される。いや、家康と吉宗、家重が作った分家を潰すことはできないだろうが、当主を入れ替えるくらいは容易にしてのける。

白河藩松平家など、いかに定信が吉宗の血を引くとはいえ、今は譜代大名でしかないのだ。当主の隠居ですむとは思えなかった。

「そのときは、知らぬ存ぜぬで押し通した。まあ、まだ余は白河へ出されたばかりで、幕府のなかにも味方がいた」

聡明でなった松平定信を田安家の当主とし、跡継ぎを失った家治の世子にしようと考えている譜代大名は多かった。

「しかし、それも今はない」

白河藩は松平の姓を名乗っているが本姓は久松であり、徳川家との血縁は薄い。そこの当主となってしまった以上、松平定信に将軍の目はなくなったと世間が受け止めたのも無理のないことであった。

「先日の盗賊騒ぎを覚えておるな」

「はい」

「あれがどうも余は気になる。ここは八丁堀、町奉行所の与力、同心どもが住まいする組屋敷のようなものだ。そこへ、盗賊が来たがるはずはない」

「たしかに」

掃部も納得した。

「あれは八丁堀の警固状況を見るためのものではなかったか、当家を狙う下調べではなかったのかと余は推察する」

「……むうう」

松平定信の懸念を聞かされた掃部がうなった。

「わかるだろう。もし、この刀がこの屋敷から見つかれば、いや、白河松平家にかかわりあるところから出てくれば、余は終わりじゃ」

「白河へ送られては。いかに御上とはいえ、白河までは人を出しますまい」

掃部が提案した。

「お庭番《にわばん》を、御広敷伊賀者《おひろしきいがもの》を忘れておらぬか」

「……ですが、城内の蔵で厳重に保管すれば……」

あきれた松平定信に掃部が言い募《つの》った。

「茜の茶碗というのがあった」

松平定信が不意に言い出した。

「……茜の茶碗でございますか。それがどういたしました」

話の変化に付いていけない掃部が首をかしげた。

「徳川将軍家から相馬家へ下賜《かし》されたもの。それが盗まれた」

「将軍家ご拝領品が盗まれた……」

掃部が耳を疑った。

「相馬本城の蔵で厳重に保管されていたものが、盗まれたのだ。親しい幕閣のある御仁《ごじん》から伺ったのだが、どうやら盗んだのはただの盗賊だったらしい」

「ば、馬鹿な。そんなことが……」

松平定信の説明に掃部が呆然《ぼうぜん》とした。

「……ですが、相馬家はお咎めを受けておりませぬ」

掃部がおかしいと気づいた。

将軍から参勤交代の挨拶で登城したときにもらえるものを拝領品とは言わなかった。拝領品は将軍に気に入られるか、よほどの功績を立てたときでなければ下賜されない。だけに、その意味合いと価値は重い。

拝領品は徳川家の権威でもあるのだ。もし、棄損したり、紛失したりすれば、重い咎めが科せられる。

ましてや盗まれたなど論外であった。盗人が城へ入るというだけで、武門としては油断していたと言われ、名誉は地に落ちた。

「大名として領地を治めるにふさわしからず」

「覚悟が足りぬ」

当主は隠居のうえ領地を取りあげられ、名前を残すだけの旗本に落とされる。それが普通であるのに、相馬家はそのまま在る。掃部の疑問は当然のものであった。

「表沙汰にならなかったのは、相馬家が主殿頭に降伏したからだ」

家臣の疑問に松平定信が答えた。

「降伏とは」

「相馬家はな、茜の茶碗を主殿頭に譲ったらしい」

「譲るなど許されませぬ。いかに主殿頭さまでも将軍家拝領品を吾がものにすることはできますまい」

「借りたのよ」

主君の話を掃部が否定した。

「……借りた」

「そうよ。貸し借りは問題ない。拝領品を拝見して、将軍家のお姿を偲《しの》びたいと願えば、文句はでまい」

「借りたならば、返さねばなりませぬ」

「いつまでと期限がなければどうなる」

「貸し下されだと」

「ああ」

　掃部の確認を松平定信が認めた。

「将軍拝領品を差し出すとは……」

　大きく掃部が嘆息した。

「まあ、そこは問題ではない。問題は盗まれた茜の茶碗が、どうやって出てきたかだ」

「たしかに」

　掃部が疑問点を認識した。

「盗賊に持ち去られた茶碗を取り返す、それがどれだけ難しいことかわかるの」

「わかりまする。盗賊が大事に茶碗を抱えているわけはなく、かならず売りまする。茜の茶碗ほど名の知れた茶器ならば、すぐに盗品とわかりましょう。それを承知で買い取った者が、誰かに見せたり、自慢したりはいたしますまい。秘蔵されてしまえば、二度と日の目は見ないかと」

「概《おお》ねあっているが、一つだけ違うな。好事家《こうずか》ほど手に入れた珍品を自慢したいものだ」

「では、そこから今の持ち主が……」

掃部が訊いた。

「気になったので、町奉行所の記録を見てみたらの、茜の茶碗が取り戻されたとの記載はなく、よく似た茶碗が商家から盗まれたとの記録が残っておった」

「盗んで売られた拝領品が、またも盗まれた。わかりませぬ」

松平定信の語った内容に、掃部の理解は付いていかなかった。

「つまり、もう一度茜の茶碗を盗んで相馬家か主殿頭へ渡した者がおるということだ」

「一体誰が……」

掃部が混乱した。

「それはわからぬ。なれど、茜の茶碗が主殿頭のもとにあるのは確かである」

「…………」

断じた松平定信に掃部はなにも言わなかった。

「同じことが当家に起こらぬとは申せまい」

「…………」

無言で掃部が肯定した。

「万が一にでもそうならぬようにすべきだと余は考えた。余は主殿頭の下に付くなど我慢ならぬ」

「はっ」

松平定信の発言に掃部が頭《こうべ》を垂《た》れた。

「そこで余は主殿頭に盗まれた太刀を取り返してみせると宣して参った」

「これをお返しになられると」

「たわけっ」

言った掃部を松平定信が怒鳴りつけた。

「なんのために余がこの太刀を手にしたか、先ほど聞かせたはずじゃ」

「将軍家嫡流を呪うため……」

「そうだ。そのための道具を渡しては意味がなかろう」

「ではございますが、取り返してみせると仰せになられたとあれば……」

その他にどういう手があるのかと掃部が問うような顔をした。

「この太刀は、家康さまがお亡くなりになられてから、ずっと紅葉山東照宮にあった。つまり、誰もこの太刀のことを覚えてはおらぬ」

「紅葉山東照宮をお守りしている坊主衆もでございますや」

掃部が尋ねた。

徳川家にとって家康は格別である。その家康を祀《まつ》る紅葉山東照宮の守りには、お城坊主のなかでも格の高い別当職が任じられていた。

「別当どもは見ておるだろうが、それでも手入れをする年に一度かそこらであろう」

「うろ覚えだと」

「うむ。刀身など武士でさえない別当に見分けはつくまい。少し波紋が似ていればすむ。ただ、拵えだけは合わせねばまずかろう」

　松平定信が述べた。

「この拵えをまねた偽物を作れと」

　掃部が松平定信の要求を理解した。

「できるな」

　可否を問わず、松平定信が掃部を見つめた。

「期間は今月末だ」

「短すぎまする」

　期限を切られた掃部が声をあげた。

「主殿頭からそう言われた。間に合わねば白河藩を咎めるとな」

「……そんな」

　掃部が唖然とした。

「口の堅い職人を探すところから始めねばなりませぬ」

　漏らされたら松平定信だけでなく、藩ごと滅ぶ。掃部の言いぶんは正論であった。

「当家出入りの職人にさせればいい。出入りならば主家の不利になるようなことはせぬ」

松平定信が手を振った。

「ですが……」

「できるかどうかを訊いてはおらぬ。やれと申しておる。なせば、余は老中になれる」

まだ二の足を踏んでいる家臣に松平定信が強要した。

「……わかりましてございまする」

主命には抗《あらが》えない。掃部が平伏して受けた。

四

小宮山一之臣は珍しく一人でいた。

「やりたいことがおありでしょ」

お梗が朝餉《あさげ》の後そう言って小宮山を促した。

「見抜かれていたか」

小宮山が感心した。

「女を甘く見ていると痛い目に遭いますよ」

「それは知っている。お梗には勝てぬともな」

笑いながら言ったお梗に小宮山が返した。

「では、今日一日、好きにさせてもらう」

「どうぞ。夕飯までにはお帰りくださいな。おいしいものを用意しておきますからね」

応じた小宮山にお梗が述べた。

「子供だな」

「女にとって男はいつまでも子供のようなものですから」

ため息を吐いた小宮山にお梗がうなずいた。

「されば、行ってこよう」

「危ないまねだけはしないでくださいね」

腰をあげた小宮山をお梗が送り出した。

「……危ないまねか」

長屋を出たところで小宮山が呟いた。

ここ数日、小宮山は白河藩の中屋敷、下屋敷を見て歩いた。

どこも長閑《のどか》であり、狙われていることに気付いていないのか、守るものがないのか、小宮山はあきれていた。

「相手次第だの」

小宮山がちらと太刀に目を落とした。

足を速めた小宮山は深川から両国橋を渡り、真《ま》っ直《す》ぐに北を目指した。

「因幡守《いなばのかみ》さまは若く辛抱がきかぬ。失策を犯した浜主計《はまかずえ》をそのまま使い続けるだけの度量はない。浜主計は角筈《つのはず》の下屋敷に左遷されたはずだ」

小宮山が独りごちた。

浜主計は相馬藩の江戸家老であった。小宮山に盗まれた茜の茶碗を探させながら何一つ援助もせず、最後には刺客を送りつけて殺そうとした。茜の茶碗の偽物を摑ませたというのもあるが、田沼意次を欺《だま》そうとして失敗した恨みを浜主計が小宮山にぶつけようとしたのだ。

相馬藩の下屋敷のある角筈は江戸ではなく、四宿の一つ内藤新宿に入る。江戸下屋敷が城下から外れた内藤新宿にあった。これからもわかるように江戸における相馬藩で角筈の下屋敷は島流しに当たった。

「榊原一磨《さかきばらかずま》……か」

小宮山は刺客のことを思い出した。

浜主計の走狗《そうく》となったのは、相馬藩江戸屋敷で剣の遣い手として知られていた榊原一磨であった。

国元の中村で剣名を誇っていた小宮山は、榊原一磨と戦ったことはなかったが、その腕を聞いていた。

江戸の榊原一磨、中村の小宮山一之臣。相馬家の二枚看板といえる二人が剣を合わせたのは、江戸の夜であった。

やり直しの利かない、参ったの通じない、審判役もいない真剣勝負は、盗賊の用心棒として世俗に塗《まみ》れ、勝つためならなんでもやらなければならないと身に染みていた小宮山の勝ちで終わり、榊原一磨は倒れた。

それ以降、相馬家は小宮山へなんの動きも見せていない。

「独り身なれば、いつかかって来られても、それで命を落としても文句はなかったが……今は愛《いと》しい女がおる。さっさと懸念を払拭《ふっしょく》しておかねばならぬ」

小宮山は相馬家との決着を付けるべきだと考えていた。

「とはいっても、こちらは一人だ」

佐兵衛や次郎吉に頼めば手を貸してはもらえるだろうが、今、二人は田沼意次の求めに応じるべく苦労している。そこへ個人の話を持ちこむのは気が引けた。

「まずは下見じゃの」

盗賊たちとつきあうようになって、小宮山は調べの大切さを教えられていた。

「……見えた」

小宮山は相馬家下屋敷の手前で足を止めた。

角筈の相馬家下屋敷は、将軍から下賜されたものであった。どこの藩でもそうだが、公邸になる上屋敷は造りも豪勢で、手入れも行き届いている。対して江戸の中心部から離れたところに建てられることの多い下屋敷は、他人目を気にしなくてよいからか、造りもおざなりで手入れなどされていない場合がほとんどであった。

しかし、将軍家拝領となれば、そうはいかなかった。上屋敷ほどではないが、少なくとも外から見える範囲で破れなどがあっては問題になる。

相馬家の下屋敷もしっかり手入れがされていた。

「人の姿はないな」

小宮山が下屋敷の様子を窺った。

上屋敷は門前左右に番士あるいは足軽が立つ。これは上屋敷が江戸における出城として扱われるためで、万一に備えてのものであった。

上屋敷には主君が居住するのだ。当然、警固も厚くなる。しかし、中屋敷や下屋敷は、藩主一族の滞在があっても、そこまで厳重ではない。もともと中屋敷や下屋敷は藩主の休息、江戸詰藩士の住居としての使用が主な役割であり、上屋敷ほど重要ではないからであった。

「屋台が出ているな」

一通り、下屋敷を確認した小宮山は下屋敷を少し離れたところにある熊野十二社門前に葦簀《よしず》がけの屋台を見つけた。

「……休ませてもらおう」

「お出でなさいやし」

屋台前の床几《しょうぎ》に腰掛けた小宮山のもとへ親爺《おやじ》が茶を出した。

「酒はあるか」

「ございやすよ」

「一本もらおう。燗《かん》は不要だ。冷やで頼む。それとなにか肴《さかな》になりそうなものはあるか」

「煮染めか、干し鰯《いわし》のあぶったもの、あと鰺《あじ》の酢漬けくらいしかございませんが」

小宮山の問いに親爺が告げた。

「干し鰯を五つほどくれ。一度にあぶられると固くなるでな。二匹と三匹の二度に分けてな」

「へい」

面倒な注文にも親爺は嫌な顔をせず、奥の調理場へと引っこんだ。

「お待たせを」

しばらくして香ばしい匂いを立てる干し鰯と酒が出された。

「おう」

銚子《ちょうし》を受け取った小宮山が手酌《てじゃく》で酒を注いだ。

「……これはよい。水で薄めていないの」

呑んだ小宮山が感心した。

神社仏閣や名所旧跡に来る一見《いちげん》客を相手にする屋台や茶屋の酒は水で倍近く薄めたものと相場が決まっていた。

「わたしが好きな酒を薄めるような商売はできやせん。その代わりといってはなんですが、ちいと世間さまより値はいただいております」

屋台の親爺が胸を張った。

「酒好きか。それはいい。一人で呑むのも味気ない。もう一本出してくれ。つきあえ」

「馳走《ちそう》してくださると」

「男二人で色気はないが、話し相手にはなってくれよう」

確認した親爺に小宮山がうなずいた。

「そいつはどうも」

親爺がいそいそと新しい銚子と盃を用意した。

「好きなときに酒は味わうに限る。勝手にやってくれ」

「ありがたいことで」

小宮山に言われた親爺が酒を呑んだ。

「……ああ、いい酒だ」

親爺が自画自賛した。

「どこの酒だ、これは」

「灘《なだ》でございますよ。もっとも落ち酒でございますがね」

訊いた小宮山に親爺が答えた。

「落ち酒とは」

「灘から日本橋の酒問屋へ酒は船で運ばれやす。海上を行くとなると雨や潮がかかりやす」

「ああ」

「その被害が多く、名のある店やお得意先には納められない酒を落ち酒と呼びましてね、格安で売られるので。おかげでわたくしどもでも買える」

「なるほどな。多少落ちても、そこいらで出るものとは味が違うか。まあ、拙者のような浪人や町人にとっては、落ちてるかどうかなどわからない差だろうがの。安いのはありがたい」

「まったくで」

親爺が笑いながら酒を呑んだ。

「この辺りは久しぶりだが、相変わらず畑ばかりだな」

小宮山が辺りを見回した。

「そこに固まっているお大名屋敷以外は百姓地でござんすからねえ」

親爺が応じた。

「店もないの。となるとそこらの屋敷の藩士たちも来るのではないか」

「お出でになりやすよ。今日はまだ早いですが、昼を過ぎるとお酒好きのお侍さまが、結構」

小宮山の問いに親爺が首肯した。

「あそこは相馬さまのお屋敷だの。親戚が相馬家に仕《つか》えておる」

嘘ではなかった。小宮山の一族はまだ国元で相馬藩士として暮らしていた。

「さようでございましたか」

もう親爺は酒に夢中になっていた。

「最近、なにかあったと噂で聞いたのだが……もう一本どうだ」

銚子を逆さにした親爺に小宮山が勧めた。

「よろしいので、ありがとうございまする」

親爺が喜んで酒を汲《く》んだ。

「相馬さまでございますか……そういえば、一月ほど前にお見えだった方々がなにやら言われてましたな……たしか……」

盃を親爺が呷った。

「浜だったか、須磨《すま》だったか、そんなお名前のご家老さまが用人として来られて……いろいろうるさくてたまらぬとか」

「浜どのだな」

「そうでございました。浜さまでしたな。そのお方の機嫌が悪く、少しのことでも怒鳴り散らされる。今までここは楽なところだったのにと、ぼやいておられました」

小宮山の助けで記憶を呼び起こした親爺が語った。

「上役が厳しいというのは哀れな。やれやれ、こういうときだけは、主のおらぬ浪人でよかったと思う」

「わたくしも儲からない屋台ですが、自分でやっていてよかったと思いますよ」

笑った小宮山に親爺も同意した。

「下屋敷の人は増えたのかの」

「そういう話は聞いてませんが」

小宮山の質問に親爺が首を横に振った。

「上役が厳しくなり、人は増えない。矛先の向く対象はそのままか」

「きついでしょうなあ」

親爺が嘆息した。

「そういえば、最近、相馬さまのお方を見かけませせぬ」

ふと親爺が口にした。

「締めつけられておるのでござろう。やれ、息抜きの酒も呑めぬとは……」

小宮山が大仰にため息を吐いた。

「まったくでございますな。酒なくてなんの己が桜かな」

親爺が酒飲みの口癖を持ち出した。

「……この鰯もうまいな」

そこで小宮山は相馬藩のことを終えて、酒を楽しんだ。

「……釣りは要らぬ」

一朱銀を置いて、小宮山は屋台を出た。

「ずいぶんとありがとうございます。是非、またお見えを」

礼を言う親爺に、歩きながら小宮山が手を振った。

「……ああ」

「浜以外、吾の顔を知っている者は下屋敷にはおらぬはずだが……国元から誰か出てきていなければ」

小宮山が相馬藩下屋敷へ近づいた。

下屋敷の大門は固く閉じられていた。通用口の潜《くぐ》り戸《と》も開けられておらず、外からなかを窺い知ることはできなかった。

「浜がどこまで話を広めているか」

江戸町奉行所の手が及ばない内藤新宿あたりは、浪人が多い。

浪人は武士ではないうえ、そのほとんどが生活できず、うさんくさいまねをして糊口《ここう》をしのいでいることが多く、将軍の城下では目の敵にされている。

ならば、内藤新宿や千住、品川、板橋の四宿《ししゅく》にたむろすればいい。四宿から江戸は一刻（約二時間）もかからない。江戸でなにかやらかしても、四宿まで逃げれば町奉行所は手出しできなくなった。

そのうえ、四宿を管轄する関東郡代は年貢を集めるのが主たる任で、治安維持を担うだけの人手も武力もない。

四宿は浪人や無頼《ぶらい》にとって住みやすい場所であった。

相馬家下屋敷の付近には出羽《でわ》山形藩《やまがたはん》秋元但馬守《あきもとたじまのかみ》、但馬豊岡藩《たじまとよおかはん》京極甲斐守《きょうごくかいのかみ》らの下屋敷、坪内《つぼうち》家や上田《うえだ》家など数千石をこえる大身旗本の屋敷があるが、その他は畑ばかりで人気《ひとけ》はまったくなかった。

そこを小宮山は堂々と歩いた。

「誰ぞ、相馬の家臣が出てきてくれぬかの。そやつが吾を見て、どのような態度をとるかで、どこまで知られているかわかる」

もともと小宮山は国元の家臣で、江戸へは参勤交代で来たくらいであった。

参勤交代で来た国元の勤番士は、下屋敷とか中屋敷の勤番長屋で一纏《ひとまと》めにされる。国元の藩士たちで固まるため、ほとんど江戸定詰《じょうづめ》の藩士とはつきあわない。

また、江戸定府の藩士たちは、国元の者たちを田舎者として馬鹿にする。

小宮山の顔をしっかり覚えている江戸定詰家臣はいないはずであった。

「出てこぬの」

屋敷の周りを三回巡ったところで小宮山はあきらめた。

「どうするか」

そろそろ昼を過ぎる。

夕餉までに帰らなければ、お梗に心配をかける。そうでなくとも、幕府の法度《はっと》を犯している盗賊の用心棒なのだ。町奉行所に捕まりでもすれば、まちがいなく死罪になった。

小宮山が直接盗んだわけではないが、用心棒としてかかわった事件の被害総額は数千両をこえる。

十両盗めば首が飛ぶ。これが幕府の決まりであった。

「せっかく角筈まで来たのだ。なんの収穫もなく戻るのも業腹《ごうはら》である」

無駄足とまでは言わないが、それでも満足できるほどの結果は出ていない。

「かと申して、次郎吉どののように忍びこむわけにもいかぬ」

もと鳶《とび》職の次郎吉は身が軽い。上屋敷に比べて低い下屋敷の塀など、次郎吉なら音もなくこえてみせる。

剣術ならばそこそこ遣うという自信を持つ小宮山だが、身軽さは人並みでしかない。塀を乗りこえ、屋敷へ入ってなかの様子を見てくるなどできるはずもなかった。

「無理をして捕らえられても、田沼さまはお助けくださらぬしの」

下を容赦なく切り捨てる上に立つ者の冷酷さを小宮山は嫌というほど経験している。

「…………」

相馬藩下屋敷の門前で小宮山は悩んだ。

「……無茶をするとお梗に叱られるが……」

しばらく思案した小宮山が苦笑した。

「女があんなに怖いとは思わなかった」

お梗と一緒になってまださほどの刻は経《た》っていないが、小宮山はその意志の強さを思い知らされていた。

「でなければ、女一人で掏摸などやっておられぬか」

小宮山が一人で納得した。

「お梗に恥じぬようにせねばならぬ」

険しく小宮山が表情を引き締めた。

「お梗を守らねばならぬな」

小宮山が背筋を伸ばした。

「よしっ」

自らに気合いを入れた小宮山が、相馬藩下屋敷の門へと近づいた。

「どなたかお出ででではないか」

小宮山が潜り戸を叩いた。

「誰だ」

門脇の無双窓が開き、門番詰所から誰何《すいか》の声がした。

「拙者小宮山一之臣と申す。浜主計どのにお目通り願いたい」

小宮山が大声で要求した。

第四章　思い百景

一

諸藩の下屋敷はどこも乱れている。

町奉行所の手が入らないことを理由に金をもらって無頼に屋敷の一間を貸し、博打場にするなど当たり前であった。

当然、風紀は乱れ、人の出入りも激しい。となれば下屋敷を監督する用人もいい加減になる。

下屋敷は、江戸定詰藩士の左遷先であった。

相馬中村藩相馬因幡守祥胤《よしたね》の下屋敷は新宿角筈にある。そこを小宮山一之臣は訪れた。

「拙者小宮山一之臣と申す。浜主計どのにお目通り願いたい」

小宮山が下屋敷に訪《おとな》いを入れた。

「……どちらの小宮山どのか」

潜り門が少しだけ開いて、なかから誰何が返ってきた。

「かつて貴家に仕えておりました」

「……当家の浪人か。その浪人が今更浜さまになんの用で参った」

怪訝な声で来訪の目的を問われた。

「拙者の名前を伝えていただくだけで、ご用件はおわかりになるはずじゃ」

小宮山がとりあえず、取り次げと応じた。

「用件を聞かずに取り次げぬ」

下屋敷の藩士が拒絶した。

「ふむ。貴殿は、小宮山という名前に聞き覚えはないか」

「知らぬ」

もう一度確認した小宮山に藩士が冷たく首を横に振った。

「さようか」

小宮山は安堵のため息を吐いた。

「お取り次ぎいただけぬとあれば、やむを得ませぬな。浜どのによろしくお伝え願いたい」

目通りをあきらめて小宮山が背を向けた。

「……なんだったのだ、あいつは」

「どうした、瀬田《せた》」

応対をした藩士に別の藩士が尋ねた。

「うん、さきほどの……」

瀬田と呼ばれた応対した藩士が語った。

「浜さまを……ふむ」

「なにか思い当たることでもあるのか」

首をひねった同僚に瀬田が訊いた。

「いや、浜どのがここへ送られた原因に一人の浪人がかかわっていると聞いたような記憶がある」

「むっ」

聞いた瀬田が表情を変えた。

「そういえば、かつては当家に仕えていたとも申しておった」

「これは浜さまのお耳に入れたほうが良さそうだな」

「ああ」

二人の藩士が顔を見合わせてうなずいた。

江戸家老を解職された浜主計は、下屋敷に来てからずっと消沈していた。

「………………」

浜家は相馬藩譜代の家臣ではあったが、家老職にまであがれる家柄ではなかった。その浜主計を先代藩主相馬長門守《ながとのかみ》恕胤《もろたね》が重用し、小姓から家老まで引きあげてくれた。小宮山のことも藩のためだと信じての行為であった。

「余亡き後も、藩を頼むぞ」

その相馬長門守の遺言が浜主計を縛り付けていた。

「なんとしてもお家を守らねば」

決意した浜主計に試練が来た。

「領国の田畑が全滅いたしましてございまする」

そんなところに天明四年（一七八四）秋、最悪の凶報が相馬藩の江戸屋敷にもたらされた。

「年貢が望めぬ」

武士は年貢を取ることで生活をしている。諸藩の場合、多くが五公五民、少し厳しいところで六公四民、質《たち》の悪いところになると七公三民の割合で収穫を吸いあげる。

相馬藩は五公五民と並みであり、表高は六万石ながら実高は九万石をこえているため、年収は四万五千石ほどになる。その四万五千石がほとんど見こめなくなった。まさに相馬藩の生死にかかわる大問題であった。

「藩庫を空《から》にしてもよい、領民たちを死なせるな」

幸い相馬因幡守祥胤は名君であった。なんとか領民たちを餓死させまいと藩庫を開いたが、数年前からの不作の影響で余力はなくなった。

「お貸しできませぬ」

数年の不作で足りなくなった収入を借財で補っていた相馬藩の財政はとっくに破綻していた。

長年の出入り先であった商家といえども相馬家と一緒に沈むわけにはいかない。

「こうなっては……」

進退窮《きわ》まった相馬家は、最後の手段に出た。

「御手元金をお借りしたく、お願いをいたしまする」

相馬家は幕府へ借財を頼みこんだ。

これは諸刃《もろは》の剣であった。金を借りて一息を吐ける代わりに、幕府に領地の治世ができていないと知らせることになる。

飢饉《ききん》を乗り切っても、その後に咎めが来かねなかった。

「領国を治める器量にあらず」

相馬因幡守の隠居ですめば幸い、減封、より稔《みの》りの悪い地への転封、最悪改易まである。

わかっていても踏みこまなければならない状況であったというのもあるが、相馬家は幕府への甘えがあった。

それは相馬家の第三代忠胤《ただたね》に拠《よ》った。相馬家二代義胤《よしたね》に男子がなく、養子に選ばれた忠胤は譜代大名土屋民部少輔利直《つちやみんぶのしょうとしなお》の次男であった。つまり、相馬家は名ばかりの外様《とざま》であり、その血筋は譜代土屋家の分家同様といえた。

「ご恩である」

幕府も土屋家の血筋を切り捨てはしなかった。幕府は相馬藩へ五千両を貸し与えた。

だが、一年四万両ほどで回している藩政に五千両など焼け石に水でしかなく、相馬藩は幕府への返済期限を守れず、延長を求めざるを得なくなった。

「登城を禁じる」

期日までに金を返せなかった相馬因幡守を咎め、幕府は登城停止にしたが、それ以上の罰は免除した。

これに土屋家の血筋がかかわっているのは確かだったが、それ以上に藩主相馬因幡守の補佐をした江戸家老浜主計の奔走があった。

「なにとぞ、よろしくお願いをいたしまする」

江戸家老の仕事は定府の藩士たちをまとめ、参勤交代で国元に帰った藩主の代わりをするだけではなかった。それ以上に、幕府の要路や有力な大名、名刹《めいさつ》の僧侶、豪商との友好を築きあげることであった。

浜主計は見事に江戸家老の任を果たし、老中や御三家の間を走り回り、相馬中村藩の危機を救った。

危機がこれだけであったならば、後世相馬中村藩の名宰相として名前を残したはずであった。

しかし、不幸は浜主計の手の届かないところで生まれた。

「……茜の茶碗が盗まれただと」

飢饉に続いて国元からもたらされた早馬《はやうま》は、相馬中村藩を吹き飛ばすほどの威力を持っていた。

茜の茶碗とは、三代将軍家光から相馬中村藩へ下賜された名物、いわゆる拝領品であった。

将軍家拝領品は、ときの将軍と藩主との親密さを示す物差しでもあった。

「これを遣わす」

将軍家から物品を贈られる。これは将軍のお気に入りであるとの証明であり、安泰の証でもあった。とはいえ、これは一代限りの安泰であって、将軍が交代した途端に白紙へ戻された。

寵愛は消えても拝領品は残る。そして拝領品は将軍と同じく丁寧に扱わなければならなかった。

「何々さまよりご拝領の品はどうなっておる」

思い出したように大目付《おおめつけ》が大名に問うてくるのだ。

「上様がご覧になりたいと仰せである」

場合によっては、拝領品を抱えて江戸城へ登城しなければならなくなる。

「破損いたしましてございまする」

拝領品を傷つけたりしていれば、厳しい叱責《しっせき》を受ける。

「預けおくに不十分である」

召しあげられたら、過去の寵愛も取り消される。なにか藩を潰すほどの失策があったときに、これが響いた。

「何々さまの思《おぼ》し召しをもって潰すべきところを免じ……」

改易を減封に留める免罪符が奪われてしまう。

もちろん、棄損した咎めは受ける。

傷つけただけでこうなるのだ。なくしでもしたら、言いわけはいっさい利かなくなる。

「万死に値する」

権威で天下を押さえつけている徳川家にしてみれば、将軍家拝領品をないがしろにされるわけにはいかない。まず、まちがいなく藩主は切腹、家は潰される。

「なんということだ」

浜主計は絶句した。

天明の大飢饉を生き残ったところで、このような不幸が降って湧くなど、まさに泣き面《つら》に蜂であった。

「国元より、茜の茶碗の探索を命じられました」

そこへやって来たのが、国元の藩士であった小宮山一之臣であった。小宮山一之臣は藩主相馬因幡守が寵愛している家臣を御前試合で破ってしまい、それ以来疎《うと》まれていた。

「死ぬ気で探せ」

浜主計もこれが相馬因幡守の八つ当たりだとはわかったが、手助けするわけにはいかない。浜主計も小宮山一之臣を酷使した。

「見つかりませぬ」

盗品が密かに売られるとしたら、江戸であろうと考えて江戸へ送りこまれた小宮山だったが、国元の藩士ではそういったものをどこで探せば良いのかの伝手《つて》もない。闇雲《やみくも》に動き回ったところで、茜の茶碗の噂さえ手に入らなかった。

「盗人のことは盗人に訊け」

どうしたらいいかと智恵を求めて来た小宮山を浜主計は地獄へ突き落とした。

盗賊の仲間になった者を藩が迎え入れることは絶対にない。浜主計の助言で小宮山は相馬藩士への復帰を断たれた。

「金が尽きましてございまする」

探索に重点をおけば、金を稼ぐ余裕はなくなる。小宮山の要求は当然であった。

「飢饉で藩に金はない。己一人の食い扶持くらいどうにかせよ」

それも浜主計は拒んだ。

「…………」

悄然《しょうぜん》とする小宮山をさらに浜主計がむち打った。

「いつまでかかっておる。さっさと探せ。藩の存亡はそなたにかかっているのだぞ」

浜主計が小宮山に責任を押しつけた。

「茶碗を取り返し、藩を救っても、そなたの居場所はない」

拝領品が盗まれ、それを取り戻すために藩士が盗賊になったなどと世間に知られるわけにはいかないのだ。

浜主計は端から小宮山を始末する気でいた。

だが、盗賊に身を堕とした小宮山は闇に揉まれ、家老として世間を渡ってきた浜主計よりもあくどくなっていた。

「殺せ」

茜の茶碗を取り返したという小宮山を浜主計は江戸藩邸一の剣術の遣い手に襲わせた。

しかし、刺客が小宮山の返り討ちに遭っただけでなく、田沼主殿頭意次の介入を招いてしまった。

「茜の茶碗は吾が手にある」

浜主計を始めとする相馬藩の対応に不審を感じていた小宮山は、庇護《ひご》の代償として茜の茶碗を田沼意次に渡していたのだ。

「………」

相馬中村藩は田沼意次に命運を握られてしまった。

「このたわけが」

田沼意次に脅された相馬因幡守が浜主計を怒鳴りつけた。

「そなたが小宮山をちゃんと援助してやっておれば、茜の茶碗は無事に当家へ戻って、なにもなかったことになっていたのだ」

己が小宮山を選んで放り出したことを忘れたかのように、相馬因幡守が浜主計を責めたてた。

「家老職を免じる。禄も半減じゃ。そなたの顔など見たくもない。角筈の下屋敷へでも行け」

田沼意次の目がある。江戸家老である浜主計を手討ちにしたり、追放したりするわけにはいかず、相馬因幡守は減禄のうえ更迭した。

「今まで尽くしてきたのはなんだったのか……」

下屋敷の用人に仕事などあるはずもない。最初はたるんでいると下屋敷に詰める藩士たちを叱りつけてもみたが、すぐに無駄だと気づいた。

「今更、もとの身分に戻れるはずもなし」

先代によって加増された禄以上のものを当主によって奪われた。すなわち、相馬因幡守が当主である限り、いや、生きている限り、浜主計の復活はない。どれほど下屋敷を改革したところで、なんの功績にもならないのだ。

「……なにもせぬというのも悪いものではないの」

ずっと走り続けてきた。少しでも相馬中村藩をよくしようとして、朝は日が昇る前から、夜は深更《しんこう》まで政《まつりごと》に精を出した。それが一瞬で無になった。

「なにもせぬ。それがなによりの処世術だと知ったわ」

やる気を失った浜主計は、一日用人部屋で居眠りをして過ごすようになった。

「御用人さま」

「……なんじゃ」

声をかけられて、浜主計は現実に戻った。

「さきほど表門に浪人が訪ねて参りましてございまする」

「浪人が……仕官か」

どこの大名も人減らしに必死になっているおかげで、浪人は増え続けている。先祖代々の禄で無為《むい》徒食《としょく》してきた武士が、いきなり世間に放り出されては生きていくことさえ難しい。そのためわずかな伝手でも頼って、仕官を願う浪人者がたまに屋敷を訪れていた。

「いえ、御用人さまの知り合いだと」

問われた瀬田が答えた。

「儂《わし》の……名前は」

「たしか、小宮山なんとかと」

「小宮山だとっ」

のんびりとした返答をしていた浜主計が驚愕した。

「……御用人さま」

あまりの変化に瀬田が目を剝いた。

「小宮山と申したのだな」

「は、はい」

　嚙みつかんばかりに確認された瀬田が何度も首を縦に振った。

「待たせておるのか」

「いえ、用件を問うたところ申しませんでしたので、それでは会わせられぬと門前払いにいたしました」

　伝手を頼ってくる浪人は決してなかに入れないのが、大名家の常識になっていた。なかに入れてしまえば、帰らないとごねられたり、金目のものを懐に入れて盗もうとしたりするのだ。浪人者は、大名屋敷の嫌われ者であり、瀬田たちの対応は過ちとはいえなかった。

「まずかったでしょうか」

　左遷されたとはいえ、用人は下屋敷でもっとも力を持つ。睨まれてはいろいろと面倒になりかねなかった。

「いや、そなたたちの対応は正しい」

　首を横に振りながら浜主計が立ちあがった。

「今のことだな」

「つい先ほどでございまする」

確認した浜主計に瀬田がうなずいた。

「追いつけるか」

浜主計が呟いた。

「御用人さま……」

「しばし、出て参る」

おずおずと訊いた瀬田にそう残して浜主計が下屋敷を出た。

二

松平越中守定信から、流葉断の太刀の複製品を作れと命じられた掃部佐納《さの》は国元へと早馬を走らせていた。

「職人を手配せねばならぬ」

掃部は焦っていた。

刀というのは、白刃だけでできているものではなかった。もちろん、刀身《とうしん》がもっとも重要なものであることは確かであったが、それ以外もおろそかにはできなかった。

大きく分けて刀は、刀身、柄《つか》、鐔《つば》、鞘《さや》の四つからなる。もっともこれは大雑把《おおざっぱ》な区分けでしかなく、柄だけでも頭《かしら》、目貫《めぬき》、目釘《めくぎ》、柄糸《つかいと》からできている。刀身具と呼ばれる柄、鐔、鞘だけで十五をこえる部分からなっているのだ。

「おろそかにはできぬ」

掃部は胃の痛い思いをしていた。

神君徳川家康の佩刀なのだ。紅葉山東照宮に納められる前、徹底して記録を取っている筈である。掃部の主君松平越中守定信が、奪われた家康の愛刀を発見したと報告すれば、ただちに記録との照合がなされる。

それで、もし拵《こしら》えの一つでも記録と違っていれば、松平定信は御上《おかみ》をたばかったとして咎めを受ける。とくに神君と讃えられている家康にかかわることは厳しい。八代将軍の孫という血筋のおかげで切腹させられることはまずないだろうが、藩は確実に大きな痛手を負うことになる。

「なによりときがない」

松平定信が田沼意次に約束した猶予は月の末日までしかない。その間に誰が見ても本物だと思わせるだけのものを作らなければならないのだ。

「急げ、急いでくれ」

掃部は馬に笞《むち》を入れた。


江戸から白河まではおおよそ五十六里（約二百二十四キロ）、歩けば六日ほどかかる。それを早馬を問屋場《といやば》で替えて走り続ければ、二日で着いた。

「まずは刀鍛冶じゃ」

掃部は城下はずれに居を構える鍛冶職人を訪れた。

刀は武士にとっての表道具になる。泰平が長く続くとはいえ、いつまた戦いがおこらないとも限らないため、どこの藩でも出入りの刀鍛冶を抱えていた。

「殿よりの密命である」

まず掃部は、出入りの刀鍛冶を頭から押さえつけた。

「ははっ」

「無事になしとげたあとは、存分なる褒美を遣わすとのお言葉も預かっておる」

続いてもので釣った。

「なんなりとお申し付けを」

刀鍛冶がやる気を見せた。

「刃渡り二尺七寸（約八十二センチメートル）、全長は三尺二寸（約九十七センチメートル）、細身で反りは浅く。波紋はのたれ、乱れは大きく……」

「ちょ、ちょっとお待ちを」

特徴を続けて語る掃部を刀鍛冶が抑えた。

「そこまで細かく作れと」

「そうじゃ」

刀鍛冶の確認に掃部が首肯した。

「無茶でございまする。刀鍛冶には刀鍛冶の流儀というものがございまして、わたくしではのたれの波紋を大きく乱すことはできませぬ」

「なぜできぬ」

「波紋の出しかたは、刀身を槌《つち》打つ過程で生まれるもの。わたくしが学んだやりかたでは、のたれは出ませぬ」

刀鍛冶が首を横に振った。

「なんとかいたせ」

「日数をいただけるならば、試行錯誤いたしてみまするが……」

「十日でなんとかせよ」

「無茶を言われる。普通の刀を打つだけでも十日は短すぎまする」

掃部の要求に刀鍛冶がとんでもないと反論した。

「きさま、殿のご命に文句があると申すのだな」

「ひえっ」

凄《すご》まれた刀鍛冶が腰を抜かした。

「御用鍛冶の看板を失いたいか」

「い、いいえ」

刀鍛冶が必死で首を左右に振った。

泰平の世で刀鍛冶が生きていくのは困難であった。なにせ刀が売れないのだ。

刀は武士以外持つことが表向き許されておらず、また早々に買い換えるものでもない。さらに先祖代々のものが、どこの武家にもある。刀鍛冶は、それらの刀を手入れすることで稼いでいる。もし、藩出入りという看板を失えば、たちまち金に困ることになる。

「言わずともわかっておろうが、殿のご機嫌を損じて、他の土地で刀鍛冶ができると思うなよ。殿は八代将軍さまのお孫さまぞ。どこの大名にでも出入り禁止をお願いできるのだ」

「…………」

刀鍛冶が言葉を失った。

逃げ道は端から奪われていたと理解させられた刀鍛冶が、力なくうなだれた。

「では、急げよ」

掃部が刀鍛冶のもとを出た。

「次は鞘師と飾り職人を選び、江戸の藩邸へ連れていく」

手はずを掃部が確認した。

刀鍛冶を江戸藩邸へ連れていかなかったのは、移動の日数が無駄になるうえ、炉を藩邸に作る手間を考えたからであった。

「刀身はまだなんとかなる。問題は拵えだ。拵えは見た目である。紅葉山東照宮を守る連中は流葉断の太刀を何度も見ている。あやつらを欺すためには、見ただけではわからぬほど精巧にまねねばならぬ」

流葉断の太刀は家康の佩刀として祀られている。言うまでもなく、その拵えは天下最高のものになっている。当然、複製を作るとあれば、実物を見せなければ無理であった。

「……鞘師はこやつ、飾り職人は、この親子でよかろう」

江戸を出るときに手に入れてきた御用職人の一覧から、掃部は候補を選び出した。

小宮山は飄々《ひょうひょう》と相馬藩下屋敷から離れた。

「どうやら浜は、拙者のことを藩内には拡げておらぬようだ」

下屋敷の門番たちの反応は、小宮山を安堵させていた。

「親の仇と付け回されるのも、上意討ちであるといきなり斬りかかってこられることもないのはありがたい」

小宮山は藩主の指示を破ったうえに、同藩の討手を返り討ちにしている。本来ならば、相馬藩をあげて、小宮山を探し出し、殺そうとするはずであった。

「藩士はよいが、討手だった榊原一磨の遺族にはどう説明しておるのだろう」

小宮山が首をかしげた。

武家は名前を重んじる。藩士が斬られたならば、その相手を跡取りが仇を討たない限り、相続は認められない。武士にとって家は生活のすべてである。家禄は生活の糧《かて》であるとともに格式なのだ。たとえ千石取りの家老の家柄であろうとも、仇討ちをなしとげなければ、名跡は立てられなかった。

「一磨の家は、江戸藩邸の徒士《かち》で石高は四十石だったはずだ」

徒士は足軽よりも少し上というだけの最下級の武士だが、それでも食べていける。藩士には長屋が与えられるので、店賃《たなちん》が要らない。

「ただで住めて、黙っていても禄がもらえる。上役に逆らわぬようにさえしておけば、遊んでいても咎められない。出世を望まぬならば勤務に励むこともない。やれ、なんと武士とは楽な商売であることよ」

小宮山が笑った。

少し前まで、小宮山もその生活を甘受してきた。国元で馬廻り百石の家柄は、上士ではないが六万石の相馬家では中士の端くらいの扱いを受ける。藩政が厳しいため、禄は半知借り上げを受けてはいたが、それでも物価の安い国元にいれば贅沢をしない限り、十分に食べていける。

「茜の茶碗が奪われなければ、あのまま相馬中村で妻《めと》を娶り、子を作り、家を譲って老いていく。そうなるはずだった」

小宮山が懐かしむような目をした。

「あの日、すべてが狂った」

お城の宝物庫が破られ、将軍家拝領の茶碗が奪われた。当日の宿直《とのい》だった蔵番頭と蔵番が切腹、ただちに町奉行や横目付の指揮で城下を全藩士で探索したが、欠片さえ見つけることはできなかった。

「お召しである」

探索に飽いた十日目、非番を返上して国境まで盗賊の姿を追った小宮山が、屋敷に帰るのを待っていたかのように呼び出しが来た。

「そなたに茜の茶碗の探索を命じる」

そう言った相馬因幡守の脇で近習が口の端を吊り上げていた。その近習こそ小宮山が御前試合でたたきのめした相馬因幡守の寵臣であった。

「承《うけたまわ》りましてございまする」

主命はもどしがたし。小宮山は引き受けるしかなかった。

「ことが公になっては、藩が潰れる。ゆえに茜の茶碗は奪われておらぬという体《てい》を取るゆえ、そなたへの援助は最低限のものになる。また、相馬藩士が茜の茶碗を探していたと噂になっても困るのでな。そなたは今をもって籍を削られる」

「籍を……」

士籍を削るというのは、禄も家名も相馬藩の家臣名簿から消えるということで、武士にとって耐えがたいことであった。

「安心いたせ。これは方便である。そなたが無事、茜の茶碗を取り返したならば、ただちに籍は復活する。さらに禄も倍に加増してやろう。二百石となれば、相馬でもなかなかの武士《もののふ》ぞ」

相馬因幡守が口頭で約束をした。

「……はい」

嘲るような目をしている近習を見ては、口約束を信じられはしないが、従わなければこの場で追放されるだけである。

小宮山はその場から立ち去った。平伏をして辞去を乞《こ》わなかったのは、小宮山の小さな抵抗であった。

「腹立たしいであろうにの」

士籍を削ったうえ援助なしに市井《しせい》に放り出したとはいえ、見事に裏切られたのだ。相馬因幡守にしてみれば、田沼意次から頭を押さえつけられてしまった恨みをぶつける相手は小宮山しかない。

寵臣の腹いせのために、小宮山を放逐《ほうちく》するようなまねをした相馬因幡守である。辛抱がきく質ではない。かならず、怒り狂って小宮山を討てと言い放ったに違いない。

「藩中に拙者の首を持ってこいくらいは触れると思っていたが……」

それも覚悟のうえであった。相馬藩が敵に回ったところで、小宮山一人ならばやりようはいくらでもあった。

小宮山と田沼意次が繫がっているのは、茜の茶碗の顚末《てんまつ》で相馬藩もわかっている。表だって人数を出して、小宮山を討つことはできない。できないわけではないが、それをすれば田沼意次に知られる。

もちろん、田沼意次は小宮山が殺されたところでなにもしてはくれない。ただ、裏ではそれを理由に相馬藩を揺さぶる。

小宮山一人を殺し、相馬因幡守の気を晴らしたくらいでは、とても引き合わないほどのものが田沼意次によって持っていかれることになる。

「我慢を覚えたか、殿も」

小宮山が小さく笑った。

「さて、これで安心だ」

小さく小宮山が息を吐いた。

そもそも今回、相馬藩下屋敷を訪問したのも、お梗と一緒になったことで後顧《こうこ》の憂《うれ》いを断ちたいと考えたからであった。もし、相馬藩から上意討ちの命が出されているならば、それに応じて、返り討ちを喰らわせ、二度と己を襲おうなどと思わないよう、痛い目に遭わせてやろうとの思惑からであった。

「帰るか」

小宮山がもう一度名残《なごり》を振り切るかのように、相馬藩下屋敷を振り向いた。

「追いついた」

「……浜か」

浜主計が小宮山へと歩み寄ってきた。

三

小宮山はゆっくりと近づいてくる浜主計の後ろへ目をやった。

「心配するな。儂は一人だ」

浜主計が小宮山の警戒を解くように足を止めた。

「……何用だ」

周囲を十分確認した後、小宮山が浜主計に問うた。

「少し話がしたくての」

浜主計が小宮山に告げた。

「今更か」

「こんなところではなんだ。金は出す、どうだ、そこで」

問うた小宮山に浜主計が屋台を指さした。

「……よかろう」

浜主計の目的に興味を持っていた小宮山が同意した。

「邪魔をする」

浜主計が屋台の親爺に声をかけた。

「へい、らっしゃい。おや、先ほどの」

屋台の親爺が小宮山に気づいた。

「また来た。世話になる」

「どうぞ、どうぞ」

親爺が喜んで、二人に空《あ》き樽《だる》を勧めた。

「………………」

空き樽に目をやった浜主計の隙を見て、小宮山が親爺に手で合図した。

「こちらのお方が……」

親爺が小宮山の言いたいことに気づいた。

「なんじゃ」

「いや、こんなご立派なお武家さまがこのようなところにお出でくださるとは、ありがたいなと」

親爺があわてることなくごまかした。

「そうか」

「どうぞ、お酒でございまする」

納得した浜主計の前に親爺が思いきり水増しした酒の入った片口を出した。

「初めてだの、そなたと酒を呑むのは」

受け取った浜主計が、片口を差し出した。

「遠慮なく」

これが相馬藩下屋敷で出されたものであれば、毒を警戒したろうが屋台の薄い酒である。小宮山はあっさりと盃で受けた。

「返杯しよう」

「ああ」

浜主計もすんなりと呑んだ。

「薄いの」

呑み終わった浜主計が片口を覗きこんだ。

「このようなまずい酒を、下屋敷の者はなぜ呑みたがるのか」

浜主計があきれた。

「こういった屋台では、酒を水増しして出すのが普通だ」

「そうなのか。よく文句が出ぬの」

小宮山に教えられた浜主計が首をかしげた。

「そのぶん、安いからな」

「なるほどの。安くて酒の味がすればいいのか」

浜主計が納得した。

「まともに禄を出していないのだ。それくらい黙認してやってはどうだ」

「……むう」

小宮山に言われた浜主計が難しい顔をした。

「考えておいてやれ」

「わかった」

決定を先延ばしにしてもいいぞと勧めた小宮山に浜主計がうなずいた。

「この酒だけでは寂しいの。肴はなにがある」

「干し鰯《いわし》か、根深《ねぶか》の醤油煮、焼き鯵《あじ》の酢漬けくらいで」

訊かれた親爺が在庫を見た。

「なにがいい、小宮山」

「こういった屋台になれてないなら、干し鰯が無難なところだな」

小宮山が勧めた。

根深の醤油煮や酢漬けは好みがあり、当たり外れが出やすい。その点、干し鰯は塩味だけなので、好き嫌いがあまり出なかった。

「では、干し鰯を二人前くれ」

「三本ずつになりやすが」

「それでいい」

確かめた親爺に浜主計がうなずいた。

「しばしお待ちを」

屋台から少し離れたところで親爺が鰯を焼き始めた。

「…………」

その様子を浜主計がじっと見ていた。

「……すまなかったな」

しばらくして浜主計が不意に言った。

「なにがだ」

小宮山が問うた。

「すべてについて、詫びよう」

浜主計が頭を下げた。

「そなたを浪人させたこと、手助けなしに働かせたこと、榊原一磨を討手として出したこと」

「どう詫びるというのだ。吾を藩士に戻してくれるのか」

罪を数えた浜主計に小宮山が冷たく問い返した。

「申しわけないが、それはできぬ」

浜主計が首を横に振った。

「殿が許されぬ」

家臣は主君を選べないが、主君は家臣を選べる。

小宮山が苦笑した。

「詫びだけならば、もういいだろう」

一緒に呑んでいたい相手ではない。小宮山が盃を置いた。

「待ってくれ」

あわてて浜主計が止めた。

「少し話を聞いてもらいたい」

浜主計が下手《したて》に出た。

「…………」

無言で小宮山は座り直した。

「単刀直入に聞かせてもらう。小宮山は田沼主殿頭さまとどれほどの仲なのじゃ」

浜主計が目つきを真剣なものにした。

「どれほどの……難しいことを」

「だろうな」

小宮山が戸惑った。

「……そうよなあ」

仲と言われても会うことさえないのだ。

「気にかけてくださっているというところか」

かといって正直に言う理由はない。小宮山はどうとでも取れる返答に逃げた。

「気にかけて……なるほど」

浜主計がうなずいた。

「もう一度、今までの詫びをする。相応の礼もしよう。藩士に戻すことはできぬが、俸禄にあたる金を毎年支給する。なんとか、当家へのお怒りを解いてもらえぬか」

真剣な眼差《まなざ》しで浜主計が小宮山を見つめた。

「毎年、支給……笑わせてくれる。吾への今までの仕打ちから、それを信用せよと」

「うっ」

冷たく糾弾された浜主計が詰まった。

「千両、前金でもらおう。受け取ったならば田沼さまにお話をしてみてもよい」

「無茶を言うな。千両など、当家のどこにもない」

条件を聞かされた浜主計が驚愕した。

「取りなしは無理か」

「そもそも政に私情を挟むようなお方ではない。田沼さまを怒らせたのが、相馬家の嘘だったということを理解しろ」

嘆息した浜主計を小宮山が追い撃った。

「だろうな」

浜主計が納得した。

「田沼主殿頭さまのお怒りを受けて、殿がな、萎縮《いしゅく》してしまわれたのだ」

勝手に浜主計が語り出した。

「登城も病と称して代理を立てられる有様での」

浜主計が嘆いた。

大名は出府している間、決められた日に登城する義務があった。これを月次《つきなみ》登城といい、国元にいる、あるいは病などで登城できないときは、一門衆や嫡男などが代理として登城しなければならなかった。

とはいえ、いつまでも代理を立てるわけにもいかなかった。

「まだ治らぬか。病弱とあれば、大名としての仕事もできまい。早急に跡継ぎを決め、つつがなくご奉公できるようにいたせ」

大目付や側用人あたりから、こう言われては藩主交代になる。

「殿には幸い、御嫡男がおられるゆえ、相馬の血統は続くが、この財政厳しきおりに隠居祝いと襲封祝い、若殿さまのお披露目は辛《つら》い」

浜主計が力なく首を左右に振った。

相馬因幡守の嫡男は、天明元年（一七八二）に生まれ、現在五歳になる。

かつては七歳になるまで家督相続を認めなかった幕府も、七代将軍家継《いえつぐ》が四歳で家督を継ぎ、五歳で将軍宣下《せんげ》を受けてしまって以来、うるさくなくなっていた。

家督相続は無事にすむとはいえ、大名の隠居、家督相続には、交流のある大名、旗本を招いての宴席が付きものになっている。なにより幕府の重職への贈りものが要る。家格にふさわしいだけのものをせねば、世間から笑われた。

天明の大飢饉で幕府から五千両借金して、返済の目途《めど》さえ立っていない相馬家としては、できるだけ出費は抑えたい。

ときの権力者に睨まれたからといって、登城できなくなってもらっては困るというのが、浜主計の本音であった。

「国元からお気に入りの家臣でも呼んで、尻を叩いてもらえばよかろう」

小宮山が鼻で笑った。

「こういうとき、御役に立ってこその寵臣だろう」

「……たしかにの」

確認する小宮山に浜主計が首肯した。

当たり前のことだが、小宮山が茜の茶碗探索係に選ばれたのは、相馬因幡守の寵臣と確執があったからだと浜主計は知っている。

小宮山の嫌味を浜主計は真剣に検討しだした。

「もういいか。そろそろ戻らねばならぬ」

夕餉までには帰るとお梗と約束をしている。小宮山は浜主計と盃を交わすという苦痛を終わらせたかった。

「すまなかった。もうよい」

浜主計が認めた。

「払いは、こちらですませておく。ただ、あまり相馬家の周りをうろついてくれるな。いつ殿のお耳に入るかもわからぬ。儂以上の馬鹿を藩にさせたくはないのでな」

「あいつが拙者の目の前に現れたならば、有無を言わさず斬る。江戸へ呼んだのならば、大人しく上屋敷へ閉じこめておけ」

釘を刺した浜主計に、小宮山が刺し返した。

「殿が黙っておられぬぞ」

寵臣を殺すと宣した小宮山を浜主計が睨んだ。

「今度は六万石、無事ではすまぬぞ」

「……わかった」

田沼意次が出てくると、小宮山に脅された浜主計が肩の力を落とした。

四

一人で盗みをする者は、居所を定めない。一人の稼ぎでは、何カ所もの宿《やさ》を維持できないからである。

「すいやせん、今度は二番町の裏長屋へ移りやした」

次郎吉が佐兵衛のもとに報告をしに来た。

「ご苦労さまだね」

普通、盗賊は仲間以外に宿を教えない。一人盗賊の次郎吉が佐兵衛に隠れ家を告げるのは、田沼意次という首かせが付いてしまったからであった。

「新しい長屋はどうだい」

「変わりやせんね。いつもの九尺二間《くしゃくにけん》でござんすからねえ」

問われた次郎吉が苦笑した。

「そうだろうな」

佐兵衛も頬を緩めた。

「二番町の御用聞きは誰だったか」

「穀潰しの壱《いち》でござんすよ」

訊かれた次郎吉が答えた。

「ああ、そいつはいいね。穀潰しは金に汚いけど役に立たない、やる気もないと評判だ」

「二番町の長屋が空いたと聞いたときは、小踊りしやしたよ」

佐兵衛と次郎吉が顔を見合わせて笑った。

「最近はどうだい」

すっと佐兵衛が笑いを消した。

「よくありませんねえ。八丁堀が盗人にやられて以来、白河さまの上屋敷は不寝《ふしん》番《ばん》を増やしやした」

次郎吉が眉間にしわを寄せた。

すでに白河藩の中屋敷、下屋敷は調べてある。どこにも緊張がなかったことから、太刀は上屋敷にあると二人は判断していた。

「次郎吉さんでも難しいかい」

身の軽い次郎吉ならば、どうにかなるのではないかと佐兵衛が尋ねた。

「入るだけならば、どうにかしますがね。人は上を見るようにできてませんから。ですが、御殿に入ってからが面倒で」

次郎吉が首を横に振った。

「ふむ……」

佐兵衛が思案に入った。

「しかし、どこに田沼さまがお望みの太刀が隠されているか。それだけでも調べておきませんと……」

「でござんすねえ」

次郎吉も腕を組んだ。

「人に見せられないものを持った。普通はそれをどうします」

「そうでやんすねえ。人から見えないところで、己の目の届くところへ隠しましょう」

佐兵衛の質問に次郎吉が応じた。

「それが殿さまだとすると……」

「御座《ござ》の間でございましょうなあ。奥の閨座敷ということも考えられやすが、殿さまがいない間、奥の警固は女任せになりやす」

「表の御座の間だと、殿さまが国元に帰ろうが、奥で側室方を押し倒していようが、小姓なり近習なりが何人もいるな」

次郎吉の発言を佐兵衛が受けた。

佐兵衛は十分な下調べをしてから、目的の屋敷に盗みに入る。金さえあれば、商家であろうが、大名屋敷であろうが、神社仏閣であろうが気にはしない。そのため、大名屋敷のことにも詳しかった。

「天井裏に潜んで、白河さまが太刀を取り出すのを見張るというのは……」

佐兵衛が無理をさせるとわかりながら訊いた。

「やってみやしたがねえ。ときどき、天井裏をあらためやがるんで」

「そいつは面倒だが……」

しらけた顔で言う次郎吉へ佐兵衛が首を左右に振った。

「……なにかあると白状しているも同然」

佐兵衛が苦笑した。

もともと大名屋敷であろうが、商家であろうが、天井裏なんぞ気にもしなかった。それこそ、年に一度の大掃除か、鼠でも住み着いてうるさいとならなければ、誰も天井裏をあらためたりはしない。

「見つかるのはよろしくないな」

「へい。ばれたら、まちがいなく太刀を別のところに移すでしょうよ」

佐兵衛の言葉に次郎吉も同意した。

「そう言えば、天井裏の確認は屋敷全体に及んでいるのかい」

「いいえ。御座の間でござんすか、殿さまが普段からいる部屋とそこへ至るためにはどうしても通らなきゃいけねえ、隣室とか控えとか……」

佐兵衛に確認された次郎吉が答えた。

「ならまちがいないね。お宝は御座の間のどこかに隠されている」

「でやしょう」

二人が顔を見合わせて、首を縦に振った。

「御座の間を洗いざらいひっくり返すのに、どれくらいかかる」

白河藩松平家上屋敷の御座の間を見たことがあるのは、次郎吉だけである。佐兵衛が尋ねた。

「御座の間が八畳、次の間がやはり八畳ほど。合わせて十六畳くらいかと」

「棚の奥、床下まで見るとなれば、半刻（約一時間）では厳しいね」

「でございやすねえ。人手を増やしても小半刻（約三十分）は要りやすね」

次郎吉が述べた。

「半刻かあ……」

佐兵衛がため息を吐いた。

盗賊でもっとも上とされるのが、知られずに入り、知られることなく盗んで去っていくことである。その次が、知られずに入り、気づかれて逃げ出す。そしてもっとも悪いのが、無理矢理押しこんで、すべてを破壊して去っていくである。

「半刻もの間、寝ずの番を黙らせておくのは無理だな」

「さようで」

佐兵衛の意見を次郎吉が認めた。

「それに家捜ししても見つかるとは限らない」

「隠し場所が絡繰《からく》り仕立てであったり、蔵のように鍵がかかっていたりすれば、見つけたはいいが、盗めないになりかねやせんねえ」

次郎吉が佐兵衛の懸念を受けいれた。

「やはり隠し場所をなんとか見つけ出さないといけないね。悪いけどお願いしますよ」

「頑張ってみましょう」

佐兵衛の頼みに次郎吉がうなずいた。

「ところで、白河さまは持っていそうかい」

「藩士たちの身形は悪くございませんねえ。殿さまの食卓は一汁一菜で貧相でやすがね」

「それは白河さまが、八代将軍さまを崇《あが》めておられるからだろう。吉宗さまは、倹約を実践されるため、綿の衣服を身につけ、一汁一菜を通されたというからねえ」

佐兵衛が口の端を吊り上げた。

「質素倹約でござんすか。上が範を示せば、下は従う。たまったもんじゃござんせんな。食いものくらい、好きにさせてもらわねえと生きている楽しみがございやせんやね」

　次郎吉も嘲笑した。

「白河は江戸にも近い。参勤交代の費用も少なくてすむ。となると藩庫には金が唸《うな》っている」

「そっちもいただきやしょう」

　にやりと佐兵衛に次郎吉が応じた。

「田沼さまは、吝《しわ》いのが欠点でございますな」

「働きのぶんはいただきやせんと」

　二人が笑いを消した。

「半刻の間、他人目《ひとめ》を引きつける手立てが見つかりましたか」

「これしかありますまい」

　佐兵衛の話に次郎吉が首肯した。

「一手で蔵を襲い、藩士たちを引きつけている間に、もう一手が御座の間をあさる」

　次郎吉が告げた。

「となると蔵の側に小宮山先生が要りますね」

「派手に暴れていただきやしょう」

二人の結論が出た。

五

刀鍛冶以外の職人を掃部は城下の空き屋敷へと連れこんだ。

「一切の他言は禁じる」

最初に掃部が一同に釘を刺した。

「これと同じものを作れ」

掃部が一同に一枚の絵図を提示した。

「これは……三つ葉葵の御紋がございますが」

職人が困惑した。

幕府は三つ葉葵の使用を御三家、ご連枝《れんし》などの一部に限っている。無断使用すれば、厳罰が下された。

「……殿の御出自を存じておるな」

「存じおりまする」

「はい」

確認を求めた掃部に職人たちがうなずいた。

「ご当家の紋は星梅鉢《ほしうめばち》か蛇《じゃ》の目《め》紋でございましたはず」

もっとも大きな葵の紋入りである鞘を担当する鞘師がそのうえでの疑問を呈した。

白河藩は久松松平家と呼ばれていた。家康の異父弟をその祖としているため、松平とはいいながら、白河藩は将軍家の一門ではなく、家臣として扱われ、区別としては譜代大名であった。

「この度、殿がご連枝さまとして上様よりお認めをいただくことになり、あらためて三つ葉葵の紋所をお許し賜《たまわ》ることになった」

掃部が適当な嘘を吐いた。

「なるほど」

鞘師が納得した。

「ただし、これは公になるまで極秘である。よって、ここで作業をしてもらう」

「こちらででございますか。道具や材料は」

「用意してある」

問うた職人に掃部が答えた。

「それぞれの作業場として与える長屋に要ると思われるものは置いてある。足りないものがあれば、申し出よ。ただちに用意する」

掃部が伝えた。

「褒賞は後日になるが、殿より下しおかれる」

「さようでございますか」

藩主からの作業は、おおむね褒賞がいくらだと明言されない。それこそ感状一枚で終わるときもある。職人にとって、藩主直々《じきじき》の要請は名誉でありながら、迷惑なものでもあった。

だからといって嫌な顔などできるはずもない。もちろん拒否は許されなかった。

「畏れ入りまするが……この鞘の地は梨地《なしじ》となっておりますが、地色は金でよろしゅうございますか」

鞘師が質問をした。梨地とは表面に果物の梨のように小さなでこぼこがある状態を言った。

「金地でよい」

「では、御紋は」

「やはり金である」

「それでは紋が目立ちませぬが……」

掃部の返答に鞘師が困惑した。

「鞘地が濃いめの金で、御紋が明るい金である」

「……こちらで合わさせていただいてよろしいのでございますか」

説明ともいえぬ掃部の応答に鞘師が問うた。

「ならぬ。色は指定する」

「見本は……」

「むっ」

恐る恐る訊いた鞘師に、掃部が詰まった。

「せめてこのような色という実物がなければ、できあがりを保証できませぬ」

鞘師がもう一度要求した。

「彫金は大丈夫だな」

「はい。この絵図の通りに作ればよろしいのでございましょう」

念を押した掃部に細工師たちが首肯した。

「真田紐《さなだひも》は決まりで」

「柄紐の色は……利休茶《りきゅうちゃ》でよい。それに少し時代を重ねよ」

これも鞘師の仕事になる。鞘師が掃部を見た。

時代を重ねるというのは、古びさせるあるいは使用感を出すという意味であった。

「とりあえず、作業に入れ。日限は厳しく守れよ」

言い残して掃部が、職人たちの前から立ち去った。

「……見本か」

一人になった掃部が険しい表情になった。

「実物をお借りするわけにはいかぬ」

自在に持ち出せるものではない。

「どうすれば……殿にお伺いするしかないな」

掃部がふたたび馬を駆った。

次郎吉は毎日、八丁堀の白河藩松平家上屋敷に忍びこんでいた。

「…………」

どこの大名屋敷も表御殿の造りはよく似ている。次郎吉は迷うことなく、松平定信の居室の天井裏に忍んだ。

「小姓ども、調べよ」

「はっ」

松平定信が不意に小姓たちに命じた。

「御免をくださりませ」

小姓の一人が、梯子《はしご》を持ちこんだ。

「おい」

「はっ」

顔を見られた若い小姓が梯子を上り始めた。

「またか……」

次郎吉が素早く移動して、二つ座敷を離れた梁《はり》の陰へ隠れた。

「天井板を開けまする。お目をお閉じ下さいませ」

若い小姓が松平定信に埃が落ちると注意を促した。

「うむ」

うなずいた松平定信が目を閉じた。

「……」

それを見た若い小姓が、天井板を外した。

「棒手燭《ぼうてしょく》を」

「おう」

若い小姓に応じて、下にいる小姓が長い金属の棒の先に蠟燭《ろうそく》を突き立てたものを手渡した。

「……」

受け取った若い小姓が、棒手燭を動かして天井裏を調べ始めた。

「ちっ」

明かりを向けられた次郎吉が口のなかで舌打ちをして、光の届かない奥までその身を下げた。

「……なにもございませぬ」

「こちらも」

かなり長い時間をかけた若い小姓の返事に、他の座敷の天井裏を確認していた別の小姓が続いた。

「よい。下がれ」

結果を満足げに受け止めた松平定信が手を振った。

「障子も襖も閉めよ」

松平定信の指示を受けた小姓たちが御座の間から出ていった。

「…………」

無言で席を立った松平定信が、隠し場所から流葉断の太刀を取り出した。

「……主殿頭め、またも余の献策を蹴りおった。今の世を変える妙策ぞ。それを咎めぬようで、将軍と言えるか」

腹立たしげに太刀を抜いた松平定信が白刃に映る己の顔を睨んだ。

「本家よ、絶えろ」

松平定信が呪詛《じゅそ》した。

「天下の主《あるじ》たる器量がなき者よ、その座から去れ」

地に響くような低い声で松平定信が宣した。

「ふう」

満足した松平定信が太刀を鞘に納めた。

「…………」

ふたたび松平定信が太刀を棚の奥へと仕舞った。

「皆、戻るがよい」

席に就いた松平定信が手を叩いて、人払いを終わらせた。

「くそっ。間に合わなかったか」

慌てて近づいて気配を感じ取られては、より警戒が厳しくなる。慎重に近づいた次郎吉が悔しそうに表情をゆがませて、松平定信の澄ました顔を見下ろした。

「なんとかならねえか」

毎日ほとんど同じことを繰り返した次郎吉が歯がみをした。

「思いきって無茶をしてみるか」

棒手燭の光には限度がある。今までのように余裕を持たずにぎりぎりで過ごせば、あるいは、気配が漏れるのを覚悟で天井裏を駆け戻るかすれば、松平定信が片付けるところくらいは見られるかも知れない。

「難しい……」

失敗したら、今回の盗みは無理になる。次郎吉が賭けるべきかどうかを悩んだ。

「殿、掃部がお目通りを願っておりまする」

そこへ小姓が報告した。

「掃部が……通せ。そなたたちは遠慮せよ」

さすがに続けて天井裏まで調べるのは、小姓たちに不信感を植え付ける。人というものは、他人の秘密を知りたいのが性《さが》である。松平定信の留守に御座の間を探られては、面倒になる。

松平定信が人払いをして、掃部を招き入れた。

「どういたした」

「じつは……」

問うた松平定信に掃部が国元での事情を語った。

「鞘の色か……」

「お借りするわけには……」

「ならぬ。余の側になければ、意味がない」

無駄だとわかりながらも尋ねた掃部を、やはり松平定信がにべもなくはねつけた。

「いかがいたしましょう」

掃部が指示を求めた。

「…………」

しばらく松平定信が腕を組んで考えた。

「わからなければ、完全な複製はできぬな」

「はい」

松平定信の確認に掃部がうなずいた。

「複製……」

天井裏でそれを耳にした次郎吉が首をかしげた。

「その鞘師を江戸へ連れてくるのはどうだ」

「刀身とのすり合わせが遅くなりまする」

松平定信の案に掃部が首を振った。刀を納める鞘は、あるていど刀身の反りや長さに合わせなければ、入らないか、入ってもなかで動いて音を立てるかする。ようは一目で偽物と見抜かれてしまう。

「漆が乾かぬか」

松平定信が理解した。

刀身を江戸に運んでから鞘を削り始めたのでは、漆の乾燥をするだけの時間が足りなくなる。月末までとの期限があるだけに、移送中に乾燥できるぶん鍛冶師と鞘師は国元で作業させるべきであった。

「……わかった。今から、そなたが確認し、よく似たものを刀簞笥《かたなだんす》から取り出し、国元へ届けよ」

松平定信が折衷案を出した。

大名道具の刀となれば、その鞘ごしらえなどは同じようになる。白河藩松平家の刀簞笥には、流葉断の太刀によく似たものもあった。

「では、まずは刀簞笥のものをここへ」

目の前で比べたいと掃部が願った。

「持って参れ」

松平定信が許可した。

「鞘、刀、複製……こいつは、ひょっとすると」

次郎吉が耳をそばだてた。

「……殿」

掃部が刀簞笥の太刀を数振り持ってきた。

抱えている太刀を置かせた松平定信が掃部に命じた。

「うむ。そこへ置け」

「天井裏に鼠がおらぬか、確認いたせ」

「梯子を……」

「その文机《ふづくえ》を使え。小姓どもに知らせたくない。先ほどさせたばかりなのだ」

足場を取りに行こうとした掃部を松平定信が制した。

「御免を」

首肯した掃部が、松平定信の文机を縦にし、柱へ立てかけた。

「しつこいやろうだ。まあ、いい。おもしろい話が聞けたぜ」

次郎吉が音もなく天井裏を去った。

「……田沼さまにご注進っと」

八丁堀の白河藩松平家上屋敷を出た次郎吉が、神田橋御門《かんだばしごもん》内の田沼家上屋敷へと駆け出した。

第五章　胆《きも》の据わり

一

権力というものは、永遠には保持できなかった。

遠くは並ぶ者なしと謳《うた》われた関白藤原道長《ふじわらのみちなが》、近くは大老格にまでのぼった柳《やなぎ》沢美濃守吉保《さわみののかみよしやす》を見てもわかるように、いつかは身を退かなければならなくなる。

そのようなこと、権力を握るほどの者ならば、誰でもわかっている。

永遠の命がないように、未来永劫に続く政権もない。

だが、わかっていたのにいざその地位に就くと、永遠たろうと足掻《あが》くのが人というものであり、その足掻きの一つが、己にとって代わろうとする者の芽を摘むことであった。

「ふむう。偽物を作ろうとしておるのか」

田沼主殿頭意次は、己を追い落とそうとしている松平越中守定信の台頭をなんとかして抑えこもうとしていた。

そして松平定信はなんとかして田沼意次を排除しようとしていた。その争いに一つの石が投げこまれ、小さな波紋を起こしていた。

流葉断の太刀と呼ばれる徳川家康秘蔵の銘刀、それが投げこまれた石であった。

徳川に祟ると言われている村正の太刀、そのなかでも傑作と呼ばれた一刀は、川に突き刺したとき流れてきた落ち葉が刃に触れて二つになったとされるほどの切れ味を誇り、流葉断の太刀と名付けられた。

神君となった家康に奉納されたそれを松平定信は盗み、八代将軍吉宗の孫である己を臣下の養子に出した十代将軍家治を呪おうとした。

家治が重い病になるか死ねば、その寵愛で幕政を壟断《ろうだん》している田沼意次は失脚する。その後に松平定信は座り、天下の政を手にしたいと望んだ。

対して田沼意次は、己に取って代わろうとする松平定信をたたき伏せるため、流葉断の太刀を取り返そうとしていた。

この争いに小宮山一之臣を始めとする盗賊一行が巻きこまれた。

「のようでございまする」

八丁堀にある白河藩上屋敷に忍びこんだ盗賊の一人、次郎吉が、松平定信とその腹心掃部との遣り取りを盗み聞いて報告した。

「面白いの」

田沼意次が興味深げに言った。

「余が現物を見たことがないことを利用する気か」

江戸城内紅葉山にある東照宮に奉納されている太刀は、いかに幕政を壟断している田沼意次でも拝見することはできない。

「余に手渡しさせて、東照宮へお返ししたあと、偽物だと騒ぐつもりであろうな」

田沼意次が松平定信の考えを推測した。

「…………」

　天井裏から見ていたぶんでは、そこまで考えてはいないと感じている次郎吉は黙っていた。

「一度でも余の手を経てしまえば、責任はこちらにある。偽物を渡したなどと騒ぎたてたところで、それを見抜けなかった愚か者という評価は避けられぬ。いや、それどころか、責任を松平越中守に押しつける気かと騒がれるだろう」

　紀州藩士から幕臣、そして老中格まで出世した田沼意次は、徳川四天王の井伊《いい》、酒井《さかい》、本多《ほんだ》、榊原《さかきばら》をはじめとする譜代大名、御三家などの一門から嫌われている。そのことを身に染みて知っている田沼意次が苦い顔をした。

「そこまで考えていますかね」

　思わず次郎吉が口を出してしまった。

「一つの手を幾つにもすることができねば、天下の政などできぬ」

　田沼意次が律儀に盗賊の疑問に答えた。

「こいつあ、どうも」

　思わず次郎吉が恐縮した。

「で、どうしやしょう。ものはまちがいなく八丁堀の白河藩上屋敷、御座の間のどこかにございますよ。一刻（約二時間）ほどあれば、どこに隠してあろうとも見つけ出してご覧に入れやすが……」

次郎吉が松平定信の足留めだけしてくれればと申し出た。

「それもよさそうだが……」

少しだけ田沼意次が考えた。

「だが、策というのはなると確信したときに破られるほど、痛手になる。足留めはするが、盗まなくてもよい」

「へっ……」

予想外の指示に次郎吉が間抜けな顔をした。

「適当に探した痕跡だけは残してこい。盗みに入った証拠はあるが、ものは無事だと知れば、松平越中守はどう思う」

「それは、吾が知謀の勝ちと誇られましょう」

問われた次郎吉が述べた。

「であろうな。そして、最後の最後で、それさえも余の謀《はかりごと》であったとわかったならば……」

「そりゃあ、地団駄を踏んで悔しがられましょう」

田沼意次の促しに次郎吉が応じた。

「とても余に勝てぬと思い知ることになろう」

「ですが、それでは刀は……」

満足そうな田沼意次に次郎吉が放置していいのかと訊いた。

「もちろん、神君家康さまのもとへ返させる。それも松平越中守の手からな」

「どうやって……」

わからないと次郎吉が首をかしげた。

「その偽物を作れと命じられた家臣の顔をそなたは覚えているな」

「しっかりと覚えておりやすが……」

まだ理解できていない次郎吉が訝しそうな顔で田沼意次の確認を肯定した。

「もう一つ、そなた足は速いか」

「速くなければ、生き残れやせんので」

続けての質問に次郎吉がうなずいた。

「馬とはどうだ」

「さすがに馬には勝てやせん。もっとも一丁（約百十メートル）ほどならば、勝ってみせますが、それ以上になるとても」

比較の結果を問われた次郎吉が首を横に振った。

「一丁ならば、どうにかなるのだな」

「それくらいならば」

念を押す田沼意次に次郎吉が首を縦に振った。

「ならばよい。手立てを話すゆえ、皆を集めよ」

「それは……」

田沼意次との遣り取りは、一同をまとめる頭《かしら》の佐兵衛か、いつでも逃げ出せる身の軽い次郎吉が担当している。剣の腕ならば田沼家の誰にも負けない小宮山一之臣、女掏摸として鳴らしているお梗の二人は、表に出ていない。それをまとめて田沼意次は呼び出せと命じたのだ。顔を知られるのは盗賊にとって痛い。次郎吉がためらったのは当然のことであった。

「安心せい。余は町方のまねをする気はない」

捕まえたり、町奉行所へ顔を報せたりはしないと田沼意次が保証した。

「きっとでござんすよ」

次郎吉が念を入れた。

「誓おう。裏切れば、この首が飛ぶであろうしな」

田沼意次は次郎吉の目の奥にきらめいた殺気を読んでいた。

「わかりやした。ですが、こちらはお屋敷にお邪魔できるような身形を持っちゃいませんよ」

盗賊になろうかという連中である。堅苦しい格好などできるはずもなかった。

「わかっておる。余が出向こう」

「殿さまが……」

屋敷から出てくると言った田沼意次に次郎吉が目を剝いた。

「そうよな。飯でも喰おうではないか。ああ、格式張ったところなんぞは要らぬ。料理を喰わされているのか、矜持を見せつけられているのか、わからぬようなところでは話もできぬ」

田沼意次が首を横に振った。

「どこか、よいところはないか」

「無茶を仰せになりやすねえ。七万石のお殿様をお連れするような気の利いたところなんぞございませんよ」

訊かれた次郎吉が手を振った。

「他人目《ひとめ》を避けられる小部屋があり、呼ばない限り近づかない女中のいるところなら、どこでもいいのだが」

「それくらいならば……木挽町《こびきちょう》でもよござんすか」

「かまわぬ」

尋ねた次郎吉に田沼意次がうなずいた。

「では、木挽町の森田座《もりたざ》をちょいと東へ入ったところにある吾妻屋《あづまや》という茶屋でいかがでやしょう」

「木挽町の吾妻屋だな。わかった」

次郎吉の提案を田沼意次が受けいれた。

「三日後の夕七つ（午後四時ごろ）、そこへ集合せい」

「わかりやした」

田沼意次の決定に次郎吉が首肯《しゅこう》した。

二

白河藩松平家の上屋敷のある八丁堀で商いをしている店に盗人が入った。

「徹底して調べよ」

松平定信から厳命された町奉行所は、潰された面目を修復するために必死になっていた。

「おかげで他所《よそ》がお留守だぜ」

野崎《のざき》の親分と呼ばれる盗賊の頭目が、笑いが止まらないと言った。

「連日だが、大事ないのか」

小宮山一之臣が気遣った。

「稼げるときに稼いでおかないといけやせんや。そろそろ隠居を考えなきゃいけやせんからね」

「まだまだ若いだろうに」

意気軒昂《けんこう》、衰えの見えない身体、野崎の親分の迫力はそこらの武家を凌駕《りょうが》している。小宮山一之臣が苦笑した。

「盗賊というのは、いつまでも現役でいちゃいけないんでやすよ」

配下たちに商家を襲わせながら、野崎の親分が語った。

「世間さまから追われる仕事でござんすからね。身体が動かなくなるまで働こうとすると、捕まってしまいやす。捕まれば三尺高い木の上で首を晒される身。文句を言える身分ではございませんが、やっぱり畳の上で、惚れた女に看取《みと》ってもらいてえじゃありやせんか。それには、まだまだやれるときに身を退くのが一番。生涯遊んで暮らせるくらいの金を貯めたら、さっさと上方にでも引き移る」

「ほう」

「それにあんまり長く手下《てか》どもを使っていると、いつか下から狙われやす。寝首を掻かせ、一緒に働いてやすからね、こっちの衰えをしっかり見てやがる。なにれて貯めた金まで根こそぎ奪われた親分を何人も見てきやした」

聞き入った小宮山一之臣に野崎の親分が告げた。

「身体が鈍くなるか……」

「小宮山先生も気をつけてくださいよ。先生が用心棒として守ってくださるので、こっちは周囲を気にせず、盗みに専念できやす。もし、先生がいなくなったりしたら……」

感慨深げな小宮山一之臣に野崎の親分が述べた。

「気をつけよう……親分」

「おっと」

不意に小宮山一之臣の雰囲気が変わり、言われた野崎の親分が物陰へ潜んだ。

「誰でえ」

直後、提灯《ちょうちん》の明かりが小宮山一之臣へと突きつけられた。

「御用聞きか」

尻端折りで提灯を持って、夜更けにうろうろしているなど、町奉行所の与力、同心から十手を預けられている御用聞きしかいない。

小宮山一之臣が口のなかで呟いた。

「覆面だと。怪しいな。おい、そこの浪人、面体《めんてい》を露《あら》わにしろ」

房の付いていない十手を御用聞きが構えた。

「そちらこそ誰だ。拙者はただ酔い覚ましに立っているだけだ。遊び帰りなのでの」

小宮山一之臣がでまかせを口にした。

「おいらは北町奉行所定町廻り同心神崎惣右衛門《かんざきそうえもん》さまから、十手をいただいている吉三郎《きちさぶろう》というものだ」

「御上の御用聞きどのか。それは夜遅くまでご苦労なことである」

小宮山一之臣が覆面の結び目を解《ほど》きながら、ゆっくりと吉三郎という御用聞きに近づいた。

「拙者は、この先の辻を……」

間合いに入ったところで、小宮山一之臣が後ろを振り向くようにして、指先で適当な辻を示した。

「どこだ」

指で示されると、そちらに注意を奪われるのが人の常である。吉三郎がつられて、小宮山一之臣から目を離し、遠目の辻へ気をやった。

「ぬん」

太刀の柄を突き出して、小宮山一之臣が吉三郎の鳩尾《みぞおち》を突いた。

「がはっ」

息を盛大に漏らして吉三郎が当て落とされた。

「……相変わらず、お見事なものだ」

物陰に隠れていた野崎の親分が感心しながら顔を見せた。

「これで飯を喰っているのでな」

小宮山一之臣が苦笑した。

「そういえば、もうよろしいので。茜色の茶碗というやつは」

ふと思い出したかのように、野崎の親分が尋ねた。

「ああ。もう不要じゃ。あのときはいろいろと便宜を図ってもらい、助かった」

かつての主家から奪われた将軍家拝領の茶道具を探すために浪人させられた小宮山一之臣は、どうやって盗品を見つけ出せばよいかに詰まり、盗みのことならば盗賊に聞くに如《し》かずと、盗賊の用心棒を始めた。

盗賊の用心棒とは、盗みに入った場所に他人や御用聞きが近づかないように追い払うのが主たる仕事であった。

小宮山一之臣は盗人の用心棒をする代わりに、盗まれた茜色の茶碗の発見を頼んだのだ。

「さようでございましたかい。それはなにより」

野崎の親分があっさりと話を終わらせた。盗賊は過去を気にしない。なぜ、盗賊に堕ちたのかなど他人にしてみれば、どうでもいい。ただ、一緒に仕事をするときだけ、誠実であればよかった。

「親分」

そのとき開かれていた表の潜り戸から、野崎の親分の手下が顔を出した。

「どうした、八太《やた》」

声をかけられた野崎の親分が応じた。

「金が見つかりやせん」

八太と呼ばれた手下は戸惑っていた。

「馬鹿言うんじゃねえ。まちがいなく今日三千両運びこまれているはずだ」

野崎の親分も困惑した。

「先生、後をお願《ねげ》えしやす」

「ああ、任せろ」

自分も店のなかに入ると言った野崎の親分に、小宮山一之臣はうなずいた。

「……急げ」

しばらくして野崎の親分が手下たちに千両箱を担がせて、店から出てきた。

「いやあ、布団を入れた長持ちの下に隠し蔵があるなんぞ、気がつきやせんよ」

千両箱を担ぎながら、八太が言いわけをした。

「あほうが。いつも言ってるだろう。床の埃をちゃんと見ろってよ。あの長持ちのところだけ、床に筋ができていたじゃねえか。金を入れるために長持ちを動かしたんだと、気がついて当然だぞ」

野崎の親分が手下を叱った。

「いやあ、お待たせいたしやした」

「ご苦労だな。こちらはなにもなしだ。あの御用聞きはまだ寝ている」

謝した野崎の親分に小宮山一之臣が手を振った。

「最近は、店もてめえらで守ろうとしますからねえ。それだけ町方があてにならない」

宿《やさ》へ帰りながら、野崎の親分が苦笑した。

「犬吠《いぬぼう》の谷助《やすけ》親分のところなんぞ、先日、表戸を破った瞬間、待ち構えていた用心棒に斬りかかられて、手下の三人が怪我をしたとか」

野崎の親分が聞いた話をした。

「それもそうか。盗賊が用心棒を付けるくらいだ。店が浪人を雇っていても当然だな」

小宮山一之臣が納得した。

「勘弁しておくんなさいよ。犬吠の谷助親分のところは八人と大所帯でやすがね、三人欠けるとまずやっていけやせん」

「五人ではいかぬのか」

ため息を吐いた野崎の親分に小宮山一之臣が尋ねた。

「できないわけじゃござんせんがね。一人一人の役割が決まっているだけに、臨機応変とはいかねえんでやすよ。ご存じのとおり、盗人には鍵をどうにかする娘破《むすめやぶ》り、あらかじめ店のことを調べておく目利《めき》き、塀を乗りこえたりする身の軽い猿、重いものを運び出す手力《たぢから》、そして逃げ道を確保する百歩《ひゃっぽ》がおりやす。一人働きは別として、ほとんどがこの構成でできてやす」

「そんなに分かれていたのか」

小宮山一之臣が感心した。

「固い蔵の鍵を破ることから、処女の足を開かせるのと同じくらい難しいので娘破りというのを聞いたことはあるが……千両箱を運んで走れる手力《た》は神話の手力男神《ちからおのみこと》から来ているとわかるが、逃げ道を確保する百歩のもとがわからん」

野崎の親分の話を遮《さえぎ》って小宮山一之臣が首をかしげた。

「五十歩百歩という言い回しはご存じで」

「ああ、たしか唐の国から渡ってきた教訓であったな」

問われた小宮山一之臣が答えた。

「へえ、唐から。そいつは知りやせんでした。まあ、出所なんぞどこでもよろしゅうござんすがね。五十歩逃げた者が臆病だと百歩逃げた者を笑ったというんでやすがね、盗人にしてみれば、大きな違いでして。倍逃げられたわけですから」

「なるほど、少しでも逃げたいということか」

「さようで」

理解した小宮山一之臣に野崎の親分が首を縦に振った。

「木戸を出たな。では、拙者はここで」

用心棒としての役目を終えたと小宮山一之臣が足を止めた。いかに知り合いといえども、招かれていない宿まで付いていくのは御法度《ごはっと》である。

「ご苦労さまでございました。こいつを」

野崎の親分が懐から紙入れを取り出し、そのまま小宮山一之臣に渡した。

「……………」

紙入れを開いて、中身を小宮山一之臣が確認した。

「たしかに二十両。ちょうだいする」

小宮山一之臣が紙入れを一度拝んでから、懐へ仕舞った。

「またお願えしやすよ」

「いつでもとはいかぬが、空いていたらさせてもらおう」

野崎の親分と小宮山一之臣がうなずきあった。

「じゃ」

すっと野崎の親分が先行していた手下たちのほうへと駆け出した。

「…………」

それを見送った小宮山一之臣は、しばらく木戸前から動かずに騒ぎが起こるかどうかを確認していた。

「もうよかろう」

今から追っ手が出たところで、野崎の親分たちに届かないと確信した小宮山一之臣が、背を向けた。


小宮山一之臣の住居は本所亀沢町の黒井戸長屋であった。

もともとは妻で女掏摸のお梗の住まいだったが、旧主家から放たれた刺客を返り討ちにした小宮山一之臣が帰参をあきらめて、転がりこんだのである。

「…………」

野崎の親分と別れたときに、すでに夜八つ（午前二時ごろ）近い。小宮山一之臣は静かに長屋の戸障子を開けた。

「おかえりなさい」

「起きていたのか」

九尺二間の長屋、その居室でお梗が待っていた。

「旦那さまが働いているのにさ、女房が寝穢《いぎたな》いまねできるわけないでしょう」

お梗が笑った。

「そなたの寝穢い姿というのも見てみたいものだが……」

「見せてたまるものですか」

からかった小宮山一之臣をお梗が甘い目つきで睨んだ。

「お腹《なか》は……」

「少し空《す》いたの。湯漬けでもあれば欲しいところだ」

お梗の問いかけに小宮山一之臣が応じた。

「寝る前だから、少しにしますよ」

言いながらお梗が台所へと向かった。

「火を落としてなかったのか」

「灰を被せて、熾火《おきび》にしておいたのさ」

長屋でなにが怖いと言って火事ほど怖《おそ》ろしいものはない。紙と薄い木でできた長屋は、一度火が付くと消し止めるのは難しい。一軒の不始末が、隣近所も巻きこんでの大惨事になった例は枚挙に暇《いとま》がないほどであった。

「……もういいかな。あまり熱くしては食べにくいし」

しばらく火を扱っていたお梗が、竈《かまど》の炭を火箸で取り出して、消し壺《つぼ》に移した。

「味噌と梅干ししかないけど……」

「助かる」

湯漬けを受け取った小宮山一之臣は、味噌を溶けこませて啜《すす》った。

「……うまいなあ」

小宮山一之臣がしみじみと言った。

「なにを言っているのやら。毎日食べているでしょうに」

感慨深げな小宮山一之臣にお梗があきれた。

「一人だったときは、一仕事を終えて帰ってきても、己で用意するのが面倒であ。空き腹を抱えて薄い夜具にくるまるだけだったのが……今ではそなたに作ってもらえる。それがありがたくての。いや、一緒になってよかった」

「まったく……」

小宮山一之臣に言われたお梗が恥ずかしそうに横を向いた。

「……ああ、そうそう」

お梗が思い出したように手を打った。

「どうかしたのか」

湯漬けを食いながら、小宮山一之臣が問うた。

「夕暮れにね、次郎吉さんが訪ねて来たよ」

「次郎吉どのがか」

聞いた小宮山一之臣の表情が引き締まった。

「三日後の夕七つ、木挽町の吾妻屋という茶屋へ来てくれと」

「一人でか」

「それが、あたしも一緒にだって」

「……そなたも」

答えたお梗に小宮山一之臣が不審そうな顔をした。小宮山一之臣にとって、お梗こそ最大の弱点になる。

「なんのためだか言っていたか、次郎吉どのは」

警戒した小宮山一之臣が問うた。

「田沼さまがお会いになりたいそうだよ」

「……なんだとっ」

お梗の答えに、小宮山一之臣が絶句した。

三

御三卿田安家の七男として生まれた松平定信は十一代将軍にもっとも近かったにもかかわらず、もっとも遠い家臣筋の白河松平へ追いやられた。

「一橋民部、田沼主殿頭め」

松平定信の恨みは、己を御三卿から臣下へ落とした御三卿の一つ一橋家の当主民部治済《はるさだ》と田沼主殿頭意次へと向けられていた。

「幕府を百年、いや、永遠に続かせることのできるのは、余だけぞ。一橋の豊千代ごとき幼子になにができる」

松平定信は己に代わって十一代将軍の座を約束された一橋豊千代を誹《そし》った。

「臣下に降りた者は、将軍になれぬ。ならば、臣下でなければなれぬ老中になり、天下の政をしてやろうではないか」

一人気炎を吐きながら、松平定信は江戸城の廊下を詰め所である溜間《たまりのま》へと向かった。

江戸城溜間は将軍御座の間にもっとも近く、臣下最高の格式とされている。溜間詰には、代々その格を誇る井伊家、伊予松平家、会津《あいづ》松平家などと、長く老中を務めたことで褒賞としてその格を与えられる一代の二種類があった。

松平定信はなんの功績も立ててはいないが、血筋のおかげで一代溜間詰を許されていた。

「ああ、越中」

溜間まであと少しのところで松平定信が呼び止められた。

「……これは主殿頭さま」

振り向いた松平定信が一瞬の間を空けて、ていねいに小腰を屈めた。

「ちとよいか」

「はっ」

老中格で幕府最高の権力を誇る田沼意次に逆らうだけの力はまだない。松平定信はすなおに従った。

「ここで話そう」

田沼意次が松平定信を溜間近くの空き座敷へ連れこんだ。

「なんでございましょう」

空き座敷で松平定信が問うた。

「御太刀のことよ。神君家康公ご蒐集《しゅうしゅう》の村正の捜索は進んでおるか」

「もちろんでございまする」

田沼意次の質問に間髪を入れず松平定信がうなずいた。

「期限は今月末である。来月一日の朔日《さくじつ》登城のおりには、御太刀をお返しできるのだな」

「できまする」

念を入れた田沼意次に松平定信が強く胸を張った。

「そなたができると申すゆえ、密かに探させていた者どもも引きあげさせた。もう一度態勢を整えるとなると、かなりのときを無駄にすることになる。ものを探すのは早ければ早いほど、人手が多ければ多いほど、よいのが常識である。それをそなたは止めたのだ。今更できませんでしたは、通らぬぞ」

「重々承知いたしておりまする」

冷たい声で言った田沼意次に松平定信が首肯した。

「その代わり、見つけ出したときは……」

「執政への推挙であろう。余が直接するわけにはいかぬのでな」

条件を果たせと求めた松平定信に田沼意次が口の端をゆがめた。

「そなたも余の推挙は嫌であろう」

嫌っている田沼意次の推薦で出世したとなれば、松平定信の名声は地に落ちる。

「清廉潔白なことを口になさっていたが、やはり金で地位を買われたか。越中守さまが言われる改革もさほどのものではなかろうよ」

世間の目は厳しい。

改革を断行しようと考えている松平定信にとって、不名誉な噂は大きな障害になる。

「余がしてやるのは、白河松平から老中を出してもいいという格を作ることだ」

白河松平家の石高は十一万石余と多い。また、その領地は奥州と関東の境を扼《やく》する白河の関を持つ要地である。

五万石内外の譜代大名で、交通の要衝や外様大名の監視などの役目を与えられていない者から老中は選ばれるという決まりが幕府にはあった。もっとも完全に守られるわけではないが、それでも避けるべき要因として考慮に値する。

さらに松平定信には、もう一つ致命的な条件があった。

「執政は一門から出ず」

幕府が当初から定めたもので、御三家や越前松平家などの有力な一門が政まで担ってしまうと、強大な権力を持つことになる。それこそ、将軍を凌駕しかねない。

幕府は執政に強大な権を与えてはいたが、それが謀叛や簒奪《さんだつ》に繋がらないよう、いくつもの歯止めを掛けていた。

その歯止めが松平定信の身体にいくつも巻き付いていた。それを取り払ってやろうと田沼意次は口にした。

「きっと、でございますぞ」

後でなかった話にはさせないと、松平定信が釘を刺した。

「安心いたせ。証人はおる」

田沼意次が手を叩くと、空き座敷と隣座敷の襖が左右から開かれた。

「……えっ」

松平定信が唖然とした。居並んでいたのは、松平周防守康福《すおうのかみやすよし》をはじめとする老中たちであった。

「方々、お聞きになられたかの」

「たしかに」

「承ってござる」

確認する田沼意次に老中たちがうなずいた。

「……謀《たばか》ったな」

じろりと田沼意次を睨んだ松平定信が歯がみをした。老中たちに聞かれた松平定信から逃げ道はなくなった。

「なにを言うか。余は、そなたの望みを確かめ、皆に周知しただけじゃ」

田沼意次が嘲笑を浮かべた。

「…………」

言い負かされた松平定信が黙った。

「さて、よろしいのかの。用もないのに登城している暇はあるまい。月末まで後十日あまりしかないのだぞ」

「ぐっ……御免」

言われた松平定信がぎりぎりの礼儀を保って、空き座敷を出ていった。

「いささか、すぎるのではないかの」

松平定信の姿が消えたところで、松平周防守康福が口を出した。

「越中守は先々代さまの御孫さまにあたるのだぞ。あまり嘲弄《ちょうろう》するのはよろしくないと思うが」

松平周防守康福が苦言を呈した。

「さようでございますかな。わたくしめは、前例を作らぬようにと考えたのでございますが……」

田沼意次が心外だという顔をした。

「将軍家ご一門が執政になられるとならば、ご身分からいって、老中首座はもちろん、かつての保科肥後守《ほしなひごのかみ》さまの前例もござれば、大政委任になりましょう」

保科肥後守正之《まさゆき》は会津松平家の藩祖である。二代将軍秀忠が奥女中に手を出して生ませた保科肥後守は、本来であれば将軍公子として、大奥で育てられるはずであった。しかし、秀忠の正室お江与《えよ》の方は己以外が生んだ子を認めず、長男長丸《ちょうまる》を焼き殺すなど苛烈《かれつ》な仕打ちをしたため、保科肥後守の命を危ぶんだ秀忠によって、生まれてすぐに保科家へ養子に出された。後、三代将軍家光によって召し出された保科肥後守は、その信頼を受けて大政委任となり、老中たちの上座に君臨した。

「それは……」

松平周防守康福が嫌そうな顔をした。

「執政、宿老は譜代大名の責務でございましょう」

「さよう」

問われた松平周防守康福がうなずいた。

「わたくしが老中格でありますことをお酌《く》みいただきたい。上様のご配慮でございまする」

「執政は長年譜代に限ると」

十代将軍家治が寵臣《ちょうしん》田沼意次を老中ではなく、格のままに留《とど》めていることの意味を考えろと言われた松平周防守康福が口にした。

長年譜代とは、少なくとも三代は譜代として徳川将軍家に仕《つか》えた者のことで、紀州藩から八代将軍吉宗に付いて来た田沼家は、まだ二代でしかなかった。

つまり、家治は代々の譜代に遠慮していると田沼意次は伝え、その確認を松平周防守康福が求めた。

「…………」

無言で田沼意次が肯定した。

「御一同、よろしいかの」

「結構でござる」

「異議はござらぬ」

松平周防守康福が老中たちを取りまとめた。

四

呼び出しを受けた小宮山一之臣はその前日、お梗を連れて佐兵衛の親分のもとを訪れた。

「お待ちしておりました」

来るのがわかっていたかのように、佐兵衛の妾《めかけ》、お光が出迎えた。

「……案内を頼む」

一瞬鼻白《はなじろ》んだ小宮山一之臣だったが、お梗をうながして、お光の後から奥座敷へと入った。

「お出《い》でなさいましたか。小宮山さま」

佐兵衛が待っていた。

「次郎吉どのも……」

「どうも」

佐兵衛の隣に次郎吉も座っていた。

「まずは、お座りを。光、茶を頼む。酒は後にしよう」

「あい」

お光が佐兵衛の指図に従った。

「いやあ、よかった」

まず佐兵衛が口を開いた。

「なにがよかったと」

小宮山一之臣が眉間にしわを寄せた。

「まあ、おわかりにならないのも承知のうえでめでたいと喜んでおりまする」

佐兵衛が詫びとばかりに一礼した。

「なにがめでたいのかと申しますと、小宮山さまが訪ねてくださったことでございますよ。先日、次郎吉さんを通じて田沼さまのお言葉をお伝えしましたが、そのまま当日吾妻屋に行かれたらどうしようかと」

「疑り深くない盗賊は、長生きしないと言いたいのだな」

小宮山一之臣が佐兵衛の話で理解した。

「そのとおりでございますよ」

佐兵衛がうなずいた。

「試したというわけか」

すっと小宮山一之臣の声が低くなった。

「ええ」

あっさりと佐兵衛が認めた。

「他人に試されるのはいい気がせぬ」

「当たり前でございますな」

小宮山一之臣の剣幕にも佐兵衛は動揺しなかった。

「気に入らないね」

お梗がそれに加わった。

「おっとお梗さんは、黙っててもらいてえな。でなきゃ、あっしも加わることになる」

次郎吉が普段の飄々《ひょうひょう》とした雰囲気とは違った威圧を放った。

「下がってくれ」

小宮山一之臣がお梗の前に手を伸ばして、制した。

「……はい」

少しだけ迷ったお梗だったが、すなおに退いた。

「まあ、お座りくださいまし」

佐兵衛が中腰になった小宮山一之臣に勧めた。

「………………」

小宮山一之臣が胡座《あぐら》ではなく、正座をした。胡座では立ちあがるのに正座より一挙動多くなる。瞬《まばた》きするほどの差だが、それで命を失うこともある。

「……さすがでございますな」

佐兵衛が気づいた。

「さっさとしてくれ。話の次第では、二度と会うことはない」

決別も辞さないと小宮山一之臣が告げた。

「覚悟を知りたかったのでございますよ」

「……覚悟だと」

「はい」

怪訝そうな顔をした小宮山一之臣に佐兵衛がうなずいた。

「小宮山さまが、盗賊に身を染められる覚悟を」

「…………」

無言で小宮山一之臣が先を促した。

「今回の田沼さまのお召しをどうお考えでございますか」

「まともな話じゃないだろう」

話を一度変えて問うた佐兵衛に、小宮山一之臣が述べた。

「たしかに。田沼さまが全員の顔を見たいと言われたのは、初めてでございますし、なにより、老中格ともあろうお方が、鼠賊に目通りを許すなんぞあり得ていい話ではございません」

盗賊は人として見られていない。捕まれば余罪を吐き出させたあとは、首を切られる。つまり死人と同じなのだ。盗賊となったとき、常人としての世間を失う。そんな連中に天下の政を担う田沼意次が会うなど、月とすっぽんがお見合いをするようなものであった。

「なにか裏があると」

「裏なんぞ、最初からありましたよ」

口を開いた小宮山一之臣に佐兵衛が苦笑した。

「そもそも盗賊を使役する執政という段階で、裏はございましょう」

「たしかにな」

小宮山一之臣も納得した。

「とはいえ、田沼さまにお目にかかっていたのは、わたくしと」

「おいらだけで」

佐兵衛と次郎吉が手をあげた。

「そこに小宮山さまご夫婦を加える。その意味を考えなければいけません」

「手駒を増やしたいだけだろう」

小宮山一之臣が直截《ちょくせつ》な考えを披露した。

「それもございましょう。ですが、それだけならば、なにも田沼さまが直接お出でにならずとも、御用人にでもさせればすみまする」

佐兵衛が首を横に振った。

用人は主に代わって屋敷のことを差配する。藩政を担う家老より地位は低いが、主君の意を受けて動く機会も多く、信頼も厚い。

「それなのにご本人がお出ましになる。よほどのことを命じられると考えたほうがよいでしょう」

「それはわかる。だが、それを引き受ける義理はあるまい。我らが江戸を売れば、そこまでだろう」

佐兵衛の考えに小宮山一之臣が異を唱えた。

盗賊は一所《ひとところ》に留まらない、いや、留まれないのだ。他人から金やものを盗んで、それで生計を立てているとどうしても、生活感が出ない。

「どうやって稼いでいるんだ」

「仕事をしている様子もないし」

「得体の知れない連中が出入りしているようだし」

江戸の隣人は物見高い。他人の領域に平気で踏みこんでくる。小さな違和感は、やがて膨らみ、疑念へと変わる。

一所に居続けると正体が露見しやすくなる。ために盗賊は、一年ほどで宿《やさ》を変えるのが常であった。江戸は獲物は多いし、人も雑多で見つかりにくいが、権力者を敵に回せば、死地になる。それならば、追っ手が出る前に江戸を売って、奥州や信濃へ落ち、ほとぼりが冷めるまで落ち着くことなく旅をしているほうがましであった。

「させてくれますまい」

佐兵衛が力なく首を左右に振った。

「まったく鈍りましたね、わたくしも。わたくしたちの正体を黙って見過ごすはずなんぞ端《はな》から、田沼さまにはなかったのでございますよ」

「ここが見張られていると」

「…………」

無言で佐兵衛が認めた。

「次郎吉どのが付けられるはずもなし」

普段一人で盗みを働いている次郎吉は用心深い。宿へ帰るのでも毎回道を変えるだけでなく、わざと同じところを何度も通るなど、尾行に気を使っている。

小宮山一之臣が怪訝な顔をした。

「たぶん、わたしだね」

佐兵衛が名乗り出た。

「いつかはわからないけど田沼さまの帰りを狙われた……まったく、穴があったら入りたいよ」

大きく佐兵衛がため息を吐いた。

佐兵衛は多くの配下を使い、長い手間と暇をかけて盗みをおこなう頭目である。毎回毎回、逃げ道まで確実に調べあげて、仕事をするだけに、盗みの当日は決められた手はずをこなすだけですむ。帰還も安全が確保されているため、どうしても警戒が甘くなった。

「いつ気づかれた」

「恥ずかしい話だけどね。いまだに見張りは見つけられていない」

尋ねた小宮山一之臣に佐兵衛が肩を落とした。

「しばし」

中座を断って、小宮山一之臣が佐兵衛の住まいであるしもた屋を出た。

しもた屋というのは、表通りに店を出せるほどの金のない商人が小商いをするために作ったものである場合が多い。いくら金がないとはいえ、店が世間から見えないようでは話にならないため、辻に向かって建てられている。

「……………」

すっと格子戸を開けた小宮山一之臣が、周囲に目をやった。

「不審な目は感じぬ」

小宮山一之臣が眉間にしわを寄せた。

剣術には目を付けるという言葉がある。これは相手の目を見つめては、威圧されたり、こちらの目の色で攻撃へ出る機を悟られたりするのを避けるためのもので、動き出しの機が出やすい相手の鼻、右肩、両手首、左足のつま先などをじっと観察することだ。

もちろん、目を付けられた方は、どこに注意が集まっているかを読む。そうすることで裏をかけるからであり、気配に敏感なことが求められた。

「……………」

もう一度、周囲に目を走らせてから、小宮山一之臣が戻った。

「感じなかった」

座るなり、小宮山一之臣が述べた。

「小宮山さままでもわかりやせんか。あっしもまったく気がつかねえんでございますよ」

次郎吉が肩をすくめた。

「拙者と次郎吉どのがわからぬと言うのを、どうして」

小宮山一之臣が佐兵衛に質問した。

「光が偶然気づいたのでございますよ。入っておいで」

廊下で控えている妾のお光を佐兵衛が呼んだ。

「お茶をお持ちしました」

盆の上に茶碗を四つ載せて、お光が襖際に腰をおろした。

「話をお聞かせなさい」

佐兵衛が茶を配り終わったお光に命じた。

「はい」

盆を脇に置いたお光が背筋を伸ばした。

「気づいたのは、昨日の朝でございました。いつものように門前を掃き清めようと竹箒《たけぼうき》を手に外へ出ましたところ、覚えのある顔のお武家さまが目に付いたのでございまする」

「覚えのある顔……」

お梗が目つきを鋭いものにした。

「旦那さまが、こういった稼業をなさっておられますので、わたくしもつい、他人の顔を見るようになりまして」

お光が説明を始めた。

「そのお武家さまは、十日前、二十日前にもお見かけしていたような気がいたしました。ただ、町方のお役人さまとは少し目つきが違うような。町方のお役人さまの目つきは、どうしても獲物を狙うように光っておりますが、そのお武家さまはただ見ているといった感じで……捕まえてやろうという意気込みはなかったような」

盗人がその場で押さえられず、宿で捕まるときはある。それはほとんどが密告によるものであった。

「見逃してくれるなら、親分の居場所を」

取引で捕まった状況から逃げようとする子分、

「あそこに誰々が潜んでいる」

分け前に不満を持つ者や、仲間割れで恨みを持つ者、

「なにをしているかわからないのに、金回りがいい」

近隣の住人が不審に思っていたときなど、町奉行所への密告は多い。

「よし、行け」

だからといって、いきなりそうはいかなかった。密告のなかには、嫉妬や恨みで冤罪を押し被せようとするものもあるからだ。

まちがえて捕まえたところで、悪かったなの一言で終わらせるのが、町奉行所の役人である。とはいえ、冤罪は出世に響く。

御上の言うことは絶対なだけに、まちがいは庶民の恨み、嘲《あざけ》りを受ける。

「町奉行所の恥である」

当然、ときの町奉行の責任になる。そうなってはまず与力、同心は、現役を続けられなくなる。

「慎重にいたせ」

結果、しばらく相手を見張って、まちがいないかどうかを調べることになる。

となれば、周囲への聞きこみ、見張りと町方の役人が周りをうろつく。

己が町奉行所に目を付けられているかどうかは、宿の周囲に人の目が多くなったかどうかで調べられた。

「町方役人、あるいは御用聞きの顔を覚えていると」

「はい。用もないのにしもた屋を見張るなぞ、町奉行所が調べていると言っているも同じでございまする」

お光が語った。

「さすがだねえ、お光さん」

次郎吉が感心した。

「それぐらいしかお手伝いできませんので」

褒められたお光が頬を染めた。

「できた女だよ」

佐兵衛も認めた。

「なるほどな。捕まえる気のない見張りか……。役に立つ手駒の居場所は把握しておきたい。どういった連中とつきあいがあるかも知っておきたい……か」

小宮山一之臣が苦い顔をした。

「拙者のことも知られたか」

「申しわけございません」

呟いた小宮山一之臣に佐兵衛が詫びた。

「それはいい。意図していなかったことまで責任を追及するわけにもいかぬであろう」

小宮山一之臣が気にするなと手を振った。

「だが、今日の呼び出しは気に入らぬ。見張られていると知っていながら、なにも教えなかった」

もう一度小宮山一之臣が怒気を露《あら》わにした。

「それについては、詫びませんよ」

佐兵衛が拒んだ。

「……ほう」

小宮山一之臣が殺気を発した。

「拙者だけではない。梗まで晒しておきながら……」

お梗はあまり佐兵衛のもとを訪れない。女掏摸として縄張りを見廻るのが忙しいというのもあるが、小宮山一之臣と所帯を持ったことで他の男と密室で二人きりになるのを避けているからであった。

「ですから、覚悟だと申しました」

「……………」

　小宮山一之臣が沈黙した。

「先日も用心棒をなさったそうで。野崎の親分さんが、相変わらず頼りになると感心しておられましたよ」

　佐兵衛は小宮山一之臣が野崎の親分の仕事を手伝ったと知っていた。

「それがどうした」

「なぜ、毎度、用心棒なのでございますか」

　怪訝そうな顔をした小宮山一之臣に、佐兵衛が訊いた。

「拙者は用心棒だからだ」

「いつまで逃げられるおつもりで」

　答えた小宮山一之臣に次郎吉が声を低くした。

「逃げる……なにからだ」

小宮山一之臣がわからないと首をかしげた。

「盗人という烙印からでござんすよ」

次郎吉が小宮山一之臣を見つめた。

「…………」

「いつまでも用心棒で逃げるのは卑怯でござんしょう」

黙った小宮山一之臣に次郎吉が告げた。

「一人だけ堕ちずにいようというのは、甘いんじゃございませんか」

佐兵衛も追い撃った。

「あなた……」

お梗が小宮山一之臣を気遣った。

「十両盗めば首が飛ぶ。それが御法度。盗人はそれをわかって仕事をしております。言いかたを変えれば、命がけでございます」

「拙者も命がけじゃ」

小宮山一之臣が反論した。

「捕まったとしても、人さえ殺していなければ、用心棒の首は胴から離れません」

佐兵衛が続けた。

「むっ」

用心棒は盗みに入ることはない。店の外で周囲を見張るのが役目であり、町方役人が来たときは排除するが、基本として殺さない。強弁になるが、偶然そこに居ただけで、相手が町方役人とは知らずに、襲いかかって来たから、火の粉を払っただけという言いわけが利く。

用心棒が後で金をもらっているなど、その盗賊が口を割らない限り表には出ない。また、盗賊が口を割ったところで、小宮山一之臣を捕まえることは難しい。用心棒をした盗賊がどじを踏んで捕まったと聞いた瞬間、身を隠すからだ。江戸のように浪人の多いところで、特定の一人を探すのは困難を極める。それこそ、江戸から逃げ出せば、追いかけられることはなくなった。

「中途半端なんですよ、小宮山さまは」

次郎吉が吐き捨てた。

「もう相馬の藩士へ戻ることは叶わないのでやしょう」

「……ああ」

藩主の寵童を剣術の試合でたたきのめし、その報復で茜の茶碗を探させられた。見つけたら、今度は盗賊に堕ちた者など藩のためにならずとして刺客を送られた。さらに田沼意次との繋がりが知れたら、間に立てと言ってきた。

どれも小宮山一之臣を駒としか見ていない。もともと藩士なんぞ、駒でしかないというのはわかるが、つごうで命や身分を奪われてはたまらない。

返り討ちとはいえ、藩士を殺された相馬家も小宮山一之臣を帰参させる気はないだろうし、小宮山一之臣ももう一度あの相馬因幡守祥胤に頭を垂れる気はなかった。

「刀を捨てて、町人として生きていく気も……」

「……ないな」

小宮山一之臣が首を横に振った。刀を持っているから、己は武士だ。浪人すれども心は侍であるなどと言う気はない。しかし、剣術しかしてこなかった小宮山一之臣に、刀を遣う以外のことはできなかった。

「でござんしょう。つまりは、死ぬまで……」

「盗賊の用心棒でいるつもりだった」

問うような次郎吉に小宮山一之臣がうなずいた。

「……………」

じっと佐兵衛が見つめた。

「それほど堕ちるのが嫌でございますか」

「そんなにあっしらと同じになるのは、勘弁だと」

佐兵衛と次郎吉が小宮山一之臣を問い詰めた。

「お嫌なら、出ていってください」

「二度と、あっしらのところへ戻ってこねえでいただきたい」

佐兵衛と次郎吉が小宮山一之臣を糾弾した。

「信用できぬか、拙者が」

「当たり前でございましょう。いざとなったらさっさと逃げると言っているようなお方を信じて背中を任せられますか。今まではよかった。その場その場で縁が切れる関係でございましたから」

佐兵衛の言うとおり、小宮山一之臣は依頼されればどこの盗賊の用心棒でも引き受けた。茜の茶碗があったら報せるという約束さえ守ってくれれば、店の者を皆殺しにして洗いざらい引っさらっていく凶賊の依頼を受けたこともある。佐兵衛の言い分は正しかった。

「たしかにな」

「田沼さまからのお呼び出し、これは益々わたくしどもを取りこもうとなさるための手段でしかありますまい。田沼さまと白河松平さまの争いに、わたくしどもはより深くかかわっていく。そんなときに肚《はら》の決まっていない、手を汚すことを嫌う者を仲間として、やっていけますか」

認めた小宮山一之臣を佐兵衛が断じた。

「一つ訊きたい。なぜ、そこまでして田沼さまに従う。逃げ出せばそれですむはずだ。田沼さまもわざわざ我らとの関連を疑われてまで、探索をお命じにはなるまい」

小宮山一之臣が疑問を口にした。

「白河松平さまはまずいのですよ」

そこまで言って佐兵衛が次郎吉を見た。

「白河の殿さまは、天下を小さくなさりたいようで」

「天下を小さく……倹約か」

次郎吉の言葉を小宮山一之臣が理解した。

「ご存知ではありませんか、八代将軍吉宗さまのご治世を。あの堅苦しく、息をするのも目立たぬようにしていた江戸を」

「代々相馬におったゆえ、話も聞かぬ」

小宮山一之臣が佐兵衛の質問に首を左右に振った。

「贅沢を禁止する。絹はだめ、金銀の飾りもだめ。砂糖は薬として使え。こんな世のなかで金が回りますか」

「回るまいな」

呉服、小間物の問屋はまずやっていけなくなる。

「人がものを買うからこそ、商店に金が集まる。金がなければ、盗賊なんぞ、陸《おか》に上がった河童《かっぱ》も同然、生きていけません」

しみじみと佐兵衛が言った。

「ただし、借財はいけません。借金は財産を食い潰しますから」

「獲物がなくなる」

「はい」

小宮山一之臣の確認に佐兵衛が首肯した。

「金がないなら遣わぬようにしろ。これはたしかに真理ではございますが、これは庶民の場合でございまする。施政者は金を遣わぬようにさせるのではなく、稼がせるように、稼げるように世を整えていくべきでございましょう。出るを抑えても、入るが増えなければ、どこかで無理が来ます。ものが売れなくなれば、職人は注文がなくなり、商人は儲けを失う。こんな状態を続けてご覧なさい、職人はいなくなり、受け継いできた技も伝える者がなく、途絶えてしまいまする」

「倹約は悪か」

「盗人という悪人が言うべきじゃございませんが、倹約は稼ぐ手段が見つかるまでの処置で留めていただかなければ、酒も菓子も芝居も禁じられたら、楽しみがなくなりまする。もちろん博打などの無駄遣いは論外でございますよ」

佐兵衛が小宮山一之臣の問いかけに答えた。

「天下に金がなければ、盗賊は生きていけません」

「ああ」

　小宮山一之臣が佐兵衛の発言を肯定した。

「田沼さまは、そのあたりをよくご存じでございまする。商いを盛んにして、金を天下に回す。そうすることで国を豊かにされた」

「そのなかに、我らも入ると」

「はい。ですが、白河さまは八代将軍吉宗さまのご治世を再現なされようとしておられる。武士は質素倹約であれと」

「それはそうだろう。本来武士は戦う者だ。質素倹約して武具を整え、戦に備えるべきだ」

　小宮山一之臣が松平定信の考えを認めた。

「それはお武家さまだけでやってくださいな。こっちまで押しつけないでいただきたい。己たちが質素倹約するから、お前たちも従えなんぞ、迷惑千万」

　佐兵衛が松平定信を弾劾《だんがい》した。

「おわかりですか。わたくしたちは盗賊の明日をかけて、田沼さまの味方をすることにいたしました」

滔々《とうとう》と語った佐兵衛に、小宮山一之臣が腕を組んだ。

「明日か……」

「あなた」

お梗が小宮山一之臣の身体に触れた。

「そうか、覚悟していなかったか」

小宮山一之臣が苦笑した。

「盗賊の用心棒をしながら、吾だけは違うと思っていたのだな。心までは堕ちておらぬと」

「…………」

独りごちる小宮山一之臣に佐兵衛はなにも言わなかった。

「生きていくための戦いか……」

小宮山一之臣がお梗を見つめた。

「守るべきができたしな」

そっと小宮山一之臣がお梗の手を取った。

「いいの」

お梗が訊いた。かすかにながらお梗のまつげが揺れていた。

「よろしく頼む、佐兵衛どの」

小宮山一之臣が深々と頭を下げた。

終章　祟る太刀

一

覚悟が決まれば、あとはなにをどうするかだけになる。

「拙者はなにをすればいい」

小宮山一之臣が、佐兵衛の親分に問うた。

「いつも通り、小宮山さまには用心棒をお願いしますよ」

佐兵衛が告げた。

「白河藩上屋敷を襲うのか」

小宮山が緊張した。

先ほど、今回の目標である流葉断の太刀が白河藩上屋敷の御座《ござ》の間に隠されていると次郎吉が述べていた。

それを盗むと小宮山が思ったのも当然であった。

白河藩上屋敷は、町奉行所与力、同心の組屋敷が並ぶ八丁堀にあった。もともと町奉行所役人たちの地元であり警戒は厳しい。そこに、先日野崎の親分と呼ばれる盗賊が八丁堀の商家を襲ったという経緯もあり、緊張はさらに高まっていた。

そして、白河藩松平家の当主、越中守定信は八代将軍吉宗の孫という、尊い血筋を受け継いでいる。もし、八丁堀の白河藩上屋敷に盗賊でも入ろうものならば、まちがいなく南北両江戸町奉行は飛ばされる。

江戸町奉行は役高三千石、行政の腕に優れた旗本が、何十年という年月をかけて遠国《おんごく》奉行や目付などを歴任してやっと届く、旗本の上がり役である。無事勤めあげれば、大目付、留守居などへの出世も望め、うまくすれば一万石の大名に手が届くかもしれないという、まさに垂涎《すいぜん》の役目なのだ。そこまで来ておきながら、盗賊ごときに足を引っ張られてはたまったものではない。

それこそ、町奉行の面目にかけても防ごうとする。

まさに飛んで火に入る夏の虫になりかねなかった。

「いいえ」

佐兵衛が首を横に振った。

「となると……越中守さまが流葉断の太刀を持って、江戸城へ納めにいかれるところを狙うのか」

小宮山が尋ねた。

松平定信と老中格田沼主殿頭意次の間に、一つの約定があった。

江戸城内にある東照宮から盗まれた流葉断の太刀をこの月中に見つけ出して返還できれば、田沼意次は松平定信が老中になるのを邪魔しないというものである。

十代将軍家治の寵愛篤く、わずか六百石から五万七千石相良《さがら》藩主老中格として幕政を恣《ほしいまま》にしている田沼意次が、松平定信の老中就任を拒否しないといえばそれは決定に近い。

世継ぎを失った家治の養子となり、十一代将軍として幕政改革をしたいと願っていながら、田沼意次、一橋治済らの策謀で、臣下の籍へ落とされた松平定信にしてみれば、老中になるのは、それこそ悲願、なんとしてでもこの機を逃すわけにはいかない。

自ら盗んだ徳川将軍家に祟るという村正、流葉断の太刀を取り戻したという体《てい》で返還するのは目に見えている。

その返還の最中に奪い取るのかと小宮山は考えた。

「とてもこの人数でできやしませんよ」

八丁堀の白河藩上屋敷から江戸城までは至近、襲うのに適した場所もない。佐兵衛が否定した。

「では、どうするのだ」

もののあるところを狙わないとなれば、小宮山では考えつかなかった。

「怖ろしいお方でございますよ、田沼さまは」

小さく佐兵衛がため息を吐いた。

掃部《かもん》はやっとできあがった偽物を受け取った。

「ご苦労であった。言うまでもないだろうが、お殿様の御用である。お手元に届け、お気に入っていただけるかどうかを、確かめねばならぬ。もし、ご覧になりお気に召さぬとなれば、大事になる。少なくともお前たちの職人としての名前は地に落ちる」

「へい」

「…………」

疲れきっていた職人たちが息を呑んだ。鞘師、塗《ぬり》師、鍛冶《かじ》、鐔職人の誰もが藩の御用を承っている。その御用職人が藩主松平定信の納得いくものを作れなかったなど、恥もよいところであった。

「殿よりお誉めのお言葉があるまで、今回の御用、決して口外してはならぬぞ」

「仰せの通りに」

「承知いたしましてございまする」

掃部に釘を刺された職人たちが、首を縦に振った。

「とにかくご苦労であった。これは代金じゃ」

労《ねぎら》いと支払いを掃部はおこなった。

藩主の名前を出しての口止めはかなり効果が高いが、働いて金がもらえないという不満は侮《あなど》れなかった。

本人はまだいい。

仕事をして金をもらえなければ、生活に困窮したり、材料を仕入れたところへの支払いなどが滞《とどこお》る。

「お殿様の御用を承ったのにお金がもらえず、食べていけない」

妻がどこかで愚痴《ぐち》を言うかも知れないし、

「納品したのに金が支払われない。あれだけ良質な材料を求めたのだから、相当なところからの仕事だろうに。なにかあるのではないか」

商人が無責任な噂を流したりしかねない。

少なくとも代金を払っておけば、それらはなくなる。さすがに松平定信の腹心として頼られるだけあって、掃部はそつがなかった。

「では、帰れ」

支払いを終えた掃部は、職人たちを追い払った。

「厳重に……」

ようやくできた偽物である。江戸へ運ぶ途中で傷が付いたりしては困る。掃部はまず綿で刀を覆《おお》い、その上から布を被せ、最後に水よけとして油紙で包んだ。

「あとは、これを殿のもとへお届けするだけ」

すでに夕刻に近かったが、月末まであと四日しかない。一日は松平定信が太刀を持って田沼意次のもとへ向かうために使われる。となると実質は三日、それも本物と見分けがつかないかどうかの確認をするだけのときも要る。

白河から江戸まではおおよそ五十六里（約二百二十四キロメートル）ある。歩けば四日ほどかかるが、早馬ならば二日たらずで着く。

「少しでも」

さすがに夜になると馬を走らせることはできなくなった。晦日が近くなれば、月は細くなり、十分な明かりはなくなる。足下さえさだかでないところを無理に走って、街道に落ちている石につまずいたり、穴にはまりこんだりすれば、馬は使えなくなる。どころか、馬から放り出された掃部が、刀が、無事とは限らない。

暗くなるまで走っては、夜明けまで休み、明るくなれば走ることになる。となればなら三日は見ておかなければならなかった。

「頼んだぞ」

掃部が愛馬の首を撫《な》でた。


白河から江戸へ向かう旅人は千住《せんじゅ》の宿場を通る。

奥州への玄関口でもある千住宿は、江戸の四宿のひとつとして繁盛していた。

「……退屈だな」

ここ数日泊まっている宿を出て、宿場の外で佇《たたず》んでいる小宮山一之臣がため息を吐いた。

「いけやせんねえ、小宮山さま」

隣で煙管《キセル》をくわえていた佐兵衛が、小宮山一之臣を窘《たしな》めた。

「盗人というのは、辛抱の連続でございますよ。好機が来るまで何日でも、じっと待つ。それができなければ、いい盗人とは言えやせん」

「いい盗人か」

小宮山一之臣がため息を吐いた。

「ええ。それができねえ奴が、押しこみなんぞをするんで。表戸を蹴破《けやぶ》って、家の者を皆殺しにして、洗いざらいかっ攫《さら》っていく。後のことを何一つ考えていない」

佐兵衛が吐き捨てた。

「盗人は他人《ひと》さまの財物をいただくわけでございますが、命を奪ってはいけやせん。また、すべてを盗んでもいけやせん。被害に遭っても、数年地道に働けば取り戻せるという状況が最良。皆殺しにして全部奪ってしまえば、その場限り。うまく残して育てれば、数年後にはまた取り入れができる」

「取り入れとは百姓と同じじか」

佐兵衛の言い分に小宮山一之臣が微妙な顔をした。

「そうでございますよ。盗人は、金がある者がいてくれなければ、仕事ができやせん。誰もが生きていくのに精一杯になれば、盗みに入ってもしかたないでしょう」

「……なるほどな」

小宮山一之臣が納得したような返答をした。

「地道に刈り取るときを待つ。それが極意」

「嫌な極意だな」

真剣な佐兵衛に、小宮山一之臣が苦笑した。

「……それにしても来ませんねえ」

佐兵衛も小宮山一之臣と同じ感想を口にした。

「退屈だな」

小宮山一之臣が繰り返した。

それを繰り返した二日目の日暮れ前、千住宿の一つ北、草加《そうか》宿に出ていた次郎吉が駆け戻ってきた。

「来やしたぜ」

次郎吉が荒い息をしながら告げた。

「ずいぶんと急いできたんだね」

佐兵衛が怪訝な顔をした。

「あの野郎、馬走らせてやがったんでさ」

「馬……それは」

次郎吉の答えに佐兵衛が目を剝いた。

「さすがに馬と駆けっこじゃ勝てやせんからね。大声で……早馬《はやうま》だ。どこかの大名家でなにかあったに違いねえ……と叫んでやったんでさ」

「なるほどね。やってることがすり替えだ。それも東照宮さまへの奉納刀だから目立ってはまずい。さぞや、慌てたろう。さすがは一人働きで知られた次郎吉さんだ。機転が利く」

佐兵衛が次郎吉の機転に感心した。

仲間を持たず、盗みを働く者を一人働きと言い、手に入れたものを独り占めできる代わりに、なにかあっても手助けしてくれる者はいない。それだけに相当な技量がなければ、一人働きはできなかった。

「で、どうなんだ」

小宮山一之臣が現状を問うた。

「馬を問屋場に預けて歩きになったはず。そろそろやって来ましょう」

宿場では怪我や病気などで休ませなければならない馬を預かることもあった。

「お願いしますよ」

佐兵衛が小宮山一之臣を促した。

「おう、引き受けた」

小宮山一之臣が、ゆっくりと奥州街道を進み始めた。

二

掃部は焦っていた。

無理をしたおかげで、かなり早めに草加の宿へ入れた。ここまでは順調であった。ところが、草加の宿で予想外のことが起こった。

小さな奥州街道の宿場など馬で突っ切っても、問題にはならないと思っていたところに、大声が響いたのだ。

「早馬だ。どこかの大名家でなにかあったに違いねえ」

「……なんだ」

「危ねえ、宿場のなかを馬で走るなんぞ、よほどのことだな」

たちまち野次馬が掃部を見に集まった。

それでも草加の宿場を駆け抜けてしまえばと掃部が、馬を早めようとしたところで、さらに叫び声がした。

「江戸に報せようぜ。読売屋に話してやれば、金をもらえる」

「そいつは聞き捨てならねえ」

「おいらが金を……」

唆《そそのか》されたように旅人が慌ただしくなった。

「ちい」

ここで掃部は舌打ちをして、馬を止めた。

「おや、早馬じゃねえのか」

「止まったぞ」

野次馬たちが戸惑った。

「いや、宿場を出たらまた走るぞ」

三度、掃部の動きを制する声がした。

「……しかたなし」

「むっ」

掃部は酷使した愛馬を問屋場に預け、手入れを頼んで徒《かち》になった。

「なんでえ」

「小遣い稼ぎ損ねたぜ」

江戸へ急ごうとしていた旅人が口々にぼやきながら、足を緩めた。

「面倒な」

小銭に右往左往する旅人を横目で見ながら、掃部が早足で千住へと向かった。


次郎吉が、小宮山一之臣の袖を引いた。

「あいつで」

「わかった」

小声で報された小宮山一之臣が小さくうなずいた。

「太刀は任せる」

「合点」

小宮山一之臣の言葉に、次郎吉がすっと離れていった。

「……足の運びから見て、かなり遣えるな」

まだ遠い掃部を見た小宮山一之臣が警戒した。

「生きて帰らねばな。梗が待っている」

小宮山一之臣が気合いを入れて、街道の真ん中に立ちはだかった。

「……浪人者が、街道を塞いでいる」

急ぎ足の掃部が小宮山一之臣を見つけた。

「強請集りの類《たぐい》だな。まったく、田沼ごときが天下を差配するから、あのようなろくでもない者が出る。殿が政をなされば、一掃されよう」

掃部が小宮山一之臣を睨みつけた。

大名の取り潰しは少なくなったが、浪人は増えていた。これは収入が増えず、支出ばかり多くなり、内証《ないしょう》の苦しくなった大名が、人減らしに走った結果であった。

もともと力で奪うことで生きてきた武士が、泰平の世になにかを生み出せるはずもなく、ただ禄を浪費するだけになっていた。

数は戦力と言えたのは、戦国乱世だったからであり、戦がなくなれば武士は無用の長物。それに藩が気づいた。

もちろん、大名には幕府の定めた軍役がある。

慶安二年（一六四九）に改訂されたものによると一万石で二百三十五人、十万石で二千百五十五人を動員しなければならない。これに違反すると、幕府から咎めを受ける。そのため、ずっと無駄な人員を抱えていたが、よく考えてみれば戦のときにそれだけ用意すればいいわけであり、普段から抱えておかなくてもいいのだ。

結果、藩は大幅な人員削減をおこない、浪人を大量に生み出した。

当然のことながら、もと武士という無為徒食の民だった浪人が世間に放り出されて、今までと同じような生活を送れるはずもなく、多くは落魄《らくはく》していく。

そして落魄した浪人のなかには、働くよりも他人に集《たか》って生きようとする者がいた。

「武士は相身互《あいみたが》いでござろう」

「いささか手元不如意《ふにょい》でござる。多少金子《きんす》をお借りできぬか。余裕ができ次第にお返しする。刀にかけてお誓い申そう」

こうして武士に金を強請る。

同じことを庶民にすれば、訴えられてたちまち町奉行所や代官所に追われる羽目になる。しかし、相手が武士だとそのおそれがない。

「脅されて、金を奪われた」

このようなことを言えるわけはなかった。

武士としての矜持に欠ける、あるいは名前を汚したと言われ、嘲笑の材料になる。それこそ、かっこうの放逐材料になってしまう。

「いささか合力《ごうりき》いたそう」

そうなると失うものが多いほうの負けである。

「かたじけなし」

ほとんどの場合、武士が浪人に二十文や三十文ほどくれてやることで解決を図った。浪人も少ないとの文句は付けない。それを言ってしまうと、合力ではなくなり、強請集りになってしまう。万一、町方役人が見ていた場合、言い逃れできなくなる。

「あのような世を舐《な》めている者に金を渡すなど業腹《ごうはら》でしかないが……今は大切な御用中じゃ」

掃部が金を出すと決めた。

「そこな御仁」

「来たか」

小宮山一之臣に呼び止められた掃部が呟いた。

「いただきたいものがござる」

「金か。少し待て、今巾着を出す」

掃部が懐へと手を入れた。

「いやいや、金ではござらん」

「……なんだと」

首を左右に振った小宮山一之臣に、掃部が表情を険しいものへと変えた。

「なにが望みだ」

「その背中に背負っておられる太刀をいただきたい」

「……きさま、中身を知っているのか」

問われて答えた小宮山一之臣に、掃部が窺うような目をした。

「あいにく知らぬ」

小宮山一之臣は詳細を佐兵衛から聞いていない。やるべきことだけわかっていればよいと考えているからであった。

「知らずして、なぜ」

「ていねいに包んであるじゃないか。そうとうな値打ちものだと見た」

問われた小宮山一之臣がちらと掃部の懐を見てから続けた。

「懐のなかよりは金になるだろう」

わざと下卑《げび》た笑いを小宮山一之臣が浮かべた。

「よいのか。押し借りならばまだしも、強盗だぞ、それは」

掃部が小宮山一之臣を警戒しながら問うた。

「こんな街道筋で誰がなにをできると。江戸の町中じゃあるめえに」

崩れた口調で小宮山一之臣が手を振った。

「そうか、このあたりには町方はおらぬな」

掃部も笑った。

「ならば、おまえを斬っても大丈夫ということだ」

「ほう。なかなか切り替えのきく御仁だの」

懐から右手を出し、腰に帯びている太刀の柄に手をかけた掃部に、小宮山一之臣は感心した。

「どけ、今なら見逃してくれる」

掃部が太刀の鯉口《こいぐち》を切った。

前屈みになったときに抜け出さないよう刀には、鯉口という止めが鞘に付けられている。これを緩めることを切るといい、そうしないと刀は抜けなかった。つまり、鯉口を切るということは、戦うという意志表示になった。

「やる気になってくれたか」

小宮山一之臣が安堵《あんど》した。

「では、こちらも遠慮なく」

すっと小宮山一之臣が太刀を抜いた。

「鯉口を切らなかったな……つまり、最初から」

小宮山一之臣の動きから、掃部が読んだ。

「なかなか鋭い」

「やはり、おまえは主殿頭の手先」

掃部が小宮山一之臣を指さした。

「こんな瘦《や》せ浪人と田沼侯が知り合いだとでも。おもしろいことを言う。遠目にお姿を拝見したことさえないわ」

嘘ではなかった。田沼意次との交渉は佐兵衛と次郎吉の担当であり、小宮山一之臣はまだ会っていない。呼び出しを受けてはいるが、その前に今回の仕事が入ったのである。

「では、なぜ太刀を狙う」

疑いの目で見る掃部に小宮山一之臣がもう一度言った。

「金になるからな」

これも嘘ではなかった。太刀を田沼意次に渡せば、それなりの金をくれる。盗賊だというのを町奉行に売らないということから始まった田沼意次とのつきあいだが、それだけでは走狗にできない。生きていくに足りるだけの金がなければ、誰も言うことなどきかなかった。

そもそも盗賊なぞ根無し草の最たる者なのだ。江戸を離れてどこかへいけば、いくら田沼意次が力を持っているとはいえ、探しきれるものではないし、全国へ手配などかけさせようものならば、小宮山一之臣たちとのかかわりを疑われることになる。

「……真実を口にする気はないか。まあいい。どちらにせよ、この背中の太刀を狙った者を生かしておくわけにはいかぬ」

掃部が太刀を青眼《せいがん》に構えた。

「おまえを斬れば、それですむ」

「そうか」

口での応対を小宮山一之臣は止めた。

「…………」

小宮山一之臣が太刀を下段に取った。

「急ぐのだ。さっさと死ね」

掃部が一気に踏みこんできた。

「ふん」

大きく左へ小宮山一之臣が逃げた。

「……ぬおう」

真っ向からの上段をかわされた掃部が、力尽くで太刀の軌道を変え、横薙《よこな》ぎに変えた。

「なかなかやるが、見え見えだ」

小宮山一之臣が横薙ぎの追撃を太刀でいなすように受け流した。

「ちっ、やる」

掃部が小宮山一之臣の技量を認めた。

「だが……」

流れた太刀を身体の回転にのせて、もう一度薙ぎを掃部は放った。

「見えたと言っただろうに」

小宮山一之臣があっさりとそれも受けた。

「……えいっ」

掃部がさらに身体を回そうとするのを、小宮山一之臣が太刀を突き出すことで邪魔をした。

「うおっ」

顔を狙った小宮山一之臣の切っ先を、掃部がのけぞって避けた。

「よく避けた」

　小宮山一之臣が褒めた。

「……きさま、人を斬り慣れているな」

　掃部が小宮山一之臣から大きく間合いを取った。

「………………」

　小宮山一之臣が無言で口の端を吊り上げた。

「何人斬った」

「……さあ」

　訊かれた小宮山一之臣が首をかしげた。

「どうだ」

　掃部が構えていた太刀を垂らした。

「吾が藩に仕《つか》えぬか」

「拙者に仕官しろと」

「そうだ。おぬしならばまちがいなく殿のお役に立てよう」

　確認した小宮山一之臣に掃部がうなずいた。

「ふむ」

小宮山一之臣も太刀の構えを解いた。

「仕官も悪くはないが……どこのご家中か」

「わかっているだろうが」

とぼけた小宮山一之臣に掃部が苛立《いらだ》った。

「いや、仕官といってもいろいろあるだろう。大名家か、旗本か、あるいは陪臣か。それによって境遇も変わる」

小宮山一之臣が語った。

「……前はどれだけもらっていた」

さりげなく掃部が探りを入れてきた。

「二千石だ」

「偽《いつわ》りを申すな」

小宮山一之臣の答えに掃部が怒った。

「いや、それだけくれるならば、仕えるぞ」

「ふざけたことを。拙者でさえ百六十石だというに」

「それは少ないの。主が吝《しわ》いのではないか」

「きさま、殿を馬鹿にするか」

掃部の頭に血がのぼった。

「……いただき」

その後ろにいつの間にか次郎吉が忍び寄っていた。街道脇の草むらに身を伏せていた次郎吉が、掃部の隙を突き、背中に担いだ太刀のくくり紐《ひも》を匕首《あいくち》で切った。

「なにっ」

背中の太刀を奪われた掃部が振り向いた。

「おのれ、待て」

駆け出した次郎吉を掃部が追おうとした。

「おっと、こっちを忘れてもらっては困るな」

掃部の前に小宮山一之臣が立ち塞がった。

「仲間か」

鬼のような形相で、掃部が小宮山一之臣を睨みつけた。

「……あれがなにかわかっているのか。あれがなければ……」

「あいにく、そんな事情は知らぬ。我らは盗賊だ。盗賊が一々盗むものの背景を気にするか」

掃部の言葉を小宮山一之臣が遮《さえぎ》った。

「おのれ」

怒りのままに掃部が斬りかかってきた。

「………」

小宮山一之臣がかわした。

「どけ、どけ」

すでに小さくなっている次郎吉の背中を見ながら、掃部が太刀を振り回した。

「……忠義というのは、ここまで気持ちを狭くするか。頭に血がのぼればのぼるほど、武術の腕は落ちるというに」

あきれながら小宮山一之臣が、掃部の小手を軽く打った。

「あっ」

音を立てて、掃部の太刀が落ちた。

「……もうよかろう」

次郎吉の姿が見えなくなっているのを確かめた小宮山一之臣が、呆然《ぼうぜん》となった掃部へ向けていた太刀を鞘へ納めた。

「殺せっ」

掃部が膝を突いた。

「ご用を果たせなかったのだ。生きてはおられぬ」

「死にたければ、勝手にしろ」

冷たく小宮山一之臣が拒んだ。

「事情をわからず、ずっとおまえを待ち続けている主君をどうする」

「……ああっ」

言われて掃部が顔をあげた。

「主君に経緯を報せてからでも、腹を切るのは遅くあるまい」

小宮山一之臣が背を向けた。

三

翌日、佐兵衛は次郎吉、小宮山一之臣、お梗を連れて、田沼意次の前に出た。

「こちらでございまする」

佐兵衛が包みを解《ほど》いた太刀を田沼意次に差し出した。

「三斎《さんさい》……」

田沼意次が太刀をそのまま控えていた老年の僧侶に渡した。

「拝見を仕《つかまつ》りまする」

懐から取り出した手拭いにくるんで三斎と呼ばれた老年の僧侶が太刀を受け取った。

「………」

それこそ舐めるように太刀の外装を見た三斎が田沼意次に顔を向けた。

「ご無礼をいたしまする」

一礼した三斎が太刀を抜いた。

「……つっ」

小宮山一之臣が万一を気にして緊張した。

「………」

何度も波紋を確かめた三斎が静かに太刀を鞘へ戻した。

「いかがであった」

田沼意次が三斎に問うた。

「見た目はよく似せておりますが、まったくの別ものでございまする」

三斎が断言した。

「神君さまがお集めになった銘刀の輝きに、持つ歴史に遠く及びませぬ」

さらに三斎が念を押した。

「そうか。ご苦労であった。約束どおり息子のこと余がどうにでもしてくれる」

「かたじけのうございまする」

田沼意次の言葉に三斎が深々と一礼して、退出した。

「ふん」

鼻で田沼意次が笑った。

「白河の浅知恵であったな」

「今のお方は」

佐兵衛が問うた。

「あれは城中東照宮の世話役をしているお城坊主じゃ。ちと息子に難があっての、見習いに出てはおるが、東照宮のある紅葉山を管理しておる書物奉行と吉原で同じ遊女を争ってな……」

吉原は幕府公認の遊郭で、ここへの出入りは旗本でも大名でも、よほど派手なまねをしない限り黙認されていた。

「嫌われたと」

「そうじゃ。書物奉行もちと大人げないが、息子に紅葉山へ入るなと言いおってな。そうなれば親の跡は継げまい。もちろん、お城坊主であることはできるぞ。書物奉行ではお城坊主の相続に口を出すことはできないが、紅葉山を管理する書物奉行と角突《つの》き合わせているとなれば、面倒事を嫌がる幕府が息子を別の部署に回すことは十分考えられる」

「もめ事が起こる前に避けさせると」

「そうだな」

佐兵衛の感想に田沼意次が首肯した。

「東照宮さまのお世話係は、そこまでありがたいので」

世襲させたがるのだ。なにかあると思うのは当然であった。

「名誉がな。なにせ神君家康さまのお世話だからな。城中で大名の用をする連中とは格が違う。実入りは大名連中の相手のほうが多いとはいえ、それをこえるだけの差がある。別段、目見えができるというわけではないが、上様が東照宮へお参りのおりのお世話をするのだ。相応の余得もある」

佐兵衛の質問に田沼意次が答えた。

「それで太刀のことを」

「あやつが奉納品の管理をしておるからの」

納得した佐兵衛に田沼意次が付け加えた。

「さて……」

田沼意次が一同の顔を見た。

「よくしてのけた。見事である」

「お褒めに与《あずか》り、安堵いたしております る」

褒められたことに佐兵衛が一同を代表して礼を言った。

「これで白河は、本物を返すしかなくなった」

田沼意次が口の端を吊り上げた。

「本物ではなく、偽物を奪うとは畏れ入りました」

佐兵衛が感心した。

「人というのはな、本物は大事にするが、偽物はぞんざいに扱う。また作り出せると思っているからだろうがな。この罠に白河もはまった。偽物とて取り返しがつかないのだということを忘れている。ものがものだけに、目立つわけにはいかぬという事情はわかるが、それでも偽物を運ぶ途中でなにかあっては、苦労が水の泡となるのだ。一人の腹心に任せるのではなく、腕と気のきいた者を数名同行させればすんだ。そうだろう、そなた」

語り終えた田沼意次が最後に小宮山一之臣へ問いかけた。

「はい。あと二人、付いていたならば、とても奪えなかったと思いまする」

小宮山一之臣が同意した。

「であろう。白河も甘いの、まだまだ天下を預けるには足りぬわ」

満足そうに田沼意次が何度も首を縦に振った。

「多門《たもん》」

田沼意次が手を叩いた。

「お呼びでございましょうか」

すっと襖が開いて、家臣が顔を出した。

「あれを、この者に」

「はっ」

言われた多門という家臣が、懐紙《かいし》の上に小判を五十枚並べ、佐兵衛の前に置いた。

「少ないが、これは決めの金とは別じゃ。上屋敷から金を盗れなくした詫びもある。受け取るがよい」

「……遠慮なく、ちょうだいいたしまする」

田沼意次が顎を小さく動かし、佐兵衛が手を突いた。

「主殿頭さま」

金を目の前にしながら、佐兵衛が田沼意次の顔を窺った。

「なんじゃ」

「よろしかったのでございますか」

「なにがだ」

尋ねる佐兵衛に田沼意次が首をかしげた。

「ご命じくださいましたら、八丁堀にある本物も持って参りますが」

松平定信が隠している流葉断の太刀の本物も手に入れられると佐兵衛が言った。

「不要じゃ」

田沼意次が首を横に振った。

「………………」

「納得がいかぬか」

黙った佐兵衛に田沼意次が笑いかけた。

「そなたたちが失敗するとは思っておらぬぞ。取ってこいと命じたならば、明日には吾が手に太刀はあるだろう」

「ではなぜ」

技量に疑いを持っていないのならば、本物を欲しがらないのはどうしてかと佐兵衛が怪訝な顔をした。

「余の娯楽じゃ」

「娯楽……でございますか」

田沼意次の答えに佐兵衛がより困惑した。

「あの小生意気な白河が、どのような顔で本物を余に差し出すのかと思えば、今から楽しみでしかたがないわ」

肩をふるわせて田沼意次が笑った。

「はあ……」

佐兵衛がなんともいえない顔をした。

「思い知るであろうよ。余と己との力の差をな」

そこまで言った田沼意次が表情を引き締めた。

「……そなたたちの顔は覚えた。これからも励め」

用件はすんだ。下がっていいと田沼意次が手を振った。

帰ってきた掃部の顔色を見て、松平定信は悪状況を悟った。

「なにがあった」

「申しわけもございませぬ」

問うた松平定信に掃部が経緯を語った。

「……おのれえ、主殿頭」

すぐに松平定信はこれが田沼意次の策謀だと読んだ。

「どうする……」

松平定信が対処を考えたが、返還の期日は目の前でとてももう一度同じ偽物を作る余裕はなかった。

「……どうしようもない」

すぐに松平定信が肩を落とした。

「見つけられなかったと日延べを求める……」

松平定信が盗んだという証はない。ただ探してみせると言っただけなのだ。あるていど目途《めど》は付いているとして、二十日か一カ月ほどの日延べを要求してもおかしくはない。

「いいや、それはできぬ。あと少しで手に入ると言いわけをしたところで、期日までに取り返せなかったのは確か。余がなにを言おうとも田沼意次の対応は変わらぬ」

松平定信が首を横に振った。

田沼意次が己を失脚させようとしている松平定信に手を差し伸べるはずはない。

「無理だったか、やはりの」

役立たず、言ったことすら守れぬ無能。

松平定信にしてみれば、そういった目で田沼意次から見下されるのだけは、我慢できなかった。

「無念なり。この恨み、忘れぬぞ」

松平定信が歯がみをした。

「このうえは、腹切ってお詫びを」

涙を流しながら、掃部が謝罪をした。

「ならぬ。腹切ることは許さぬ」

「ですが……」

「そなたは、余に恥を掻かせたままで、死へと逃げる気か」

死にたいと訴える掃部を、松平定信が叱った。

「……………」

「奪った者たちの顔は覚えておるな」

黙った掃部に松平定信が訊いた。

「あの浪人の顔は生涯忘れられませぬ」

掃部の顔に怒りが浮いた。

「そやつを探し出し、捕まえろ。そして主殿頭との繋がりを見つけ出すのだ。老中格とはいえ、執政が盗賊とかかわっていたなど、徳川始まって以来の醜聞じゃ。いかに上様のご寵愛が深かろうとも、主殿頭は終わる」

「おおっ」

松平定信の話に掃部が興奮した。

「お任せを下さいませ。この捨てた命、殿のために」

「そのときを楽しみに、今は雌伏《しふく》、いや臥薪嘗胆《がしんしょうたん》してくれるわ」

掃部の誓いを聞きながら、松平定信が宣した。

「それに太刀を取り返したら、執政への道を作ると約束しておる。流葉断の太刀を返すのは悔しいが、老中になれるというならば無駄ではない」

松平定信が田沼意次との約束を口にした。

「老中にさえなれたら余に期待する者たちが集《つど》う。そうなれば……、あやつを排することも」

冷たい笑いを松平定信が浮かべた。


大名といえども、太刀を御殿のなかで持ち歩くことは許されていない。登城してから下城するまで、与えられた控えの間、あるいは下部屋などの休憩場所で保管するのが決まりであった。

「主殿頭さまに」

松平定信が上の御用部屋前で待機しているお城坊主に面会を希望した。

「しばしお待ちを」

お城坊主がすぐに田沼意次のつごうを聞いてきた。

「下部屋前でお待ちあれとのことでございまする」

「主殿頭さまのか」

「はい」

　田沼意次の言葉を伝えたお城坊主に松平定信が確認し、お城坊主が認めた。

　幕府の役人には、それぞれに着替えや弁当を使うための部屋が用意されていた。格の低い者だと一部屋を全員で使うが、老中などになると一人で一部屋与えられた。

「承知した」

　うなずいた松平定信が、一度控えの間に戻り太刀を手にして、表御殿の出入り口に使われる中御門に近い下部屋が並ぶ一角へ移動した。

「……またも待たせる」

　半刻（約一時間）ほど経っても田沼意次は現れない。松平定信が苛立った。

「御用繁多での」

　さらに小半刻（約三十分）近くすぎたところで、ようやく田沼意次が詫びもなく、下部屋にやって来た。

「入られよ」

最初に田沼意次が下部屋に入り、松平定信を促した。

「それか」

前置きもなく、田沼意次が続いた松平定信の手にある太刀を指さした。

「お約束通り、取り戻して参りましてござる」

胸を張って松平定信が太刀を袋に入れたままで差し出した。

「拝見仕ろう」

太刀に一礼して、田沼意次が袋を開け、なかを検《あらた》めた。

「……右筆部屋に残されていた奉納の太刀の特徴と一致する」

「では」

田沼意次の言葉に松平定信が身を乗り出した。

「たしかに流葉断の太刀と認めよう」

しっかりと田沼意次がうなずいた。

「お約束を覚えてくださってましょうな」

「約束……ああ、そなたに執政への道を開くというやつか」

「さようでござる」

答えた田沼意次に松平定信が首を縦に振った。

「立身を望むのだな」

「もちろんでござる。わたくしでなければ、幕府は立て直せませぬ」

確かめた田沼意次に松平定信が強く応じた。

「約束は約束である。そなたが果たしたのだから、余も守らねばならぬ」

「それでは……」

述べた田沼意次に松平定信が歓喜の表情を見せた。

「その前に……太刀《これ》を返しておこう」

「えっ」

田沼意次が立ちあがり、部屋の隅に隠すように横たえられていた太刀袋を手にした。

「そなたのものじゃ。持って帰れ」

「……まさかっ」

太刀袋を突きつけられた松平定信が顔色を変えた。すべてを知っている。そう田沼意次に告げられた。

「よくできていたがの。東照宮世話役が一目で見抜いたわ」

田沼意次が嘲笑した。

「…………」

「よかったの。これをそのまま出していたら、偽物と気づかなかった間抜けという評判が付いたところじゃぞ」

「くっ……」

「そもそも徳川に祟ると言われた村正を神君家康さまがお持ちであった。これを知られては、村正を持っているというだけで外様大名を非難してきた幕府の過去が問題になる。かといって神君家康さまのお持ちものを処分などできぬ。この流葉断の太刀は東照宮から出てはならぬものじゃ。万一、他の太刀とまちがえて手入れなどに出してはまずい。そういった失策を防ぐために、代々この太刀だけはしっかりとした記録が取られ、坊主どもが手入れする決まりであったのだ。まあ、余も盗まれてから知らされたことだが」

「…………」

「余を睨むな。筋違いじゃ。はるか昔からの引き継ぎぞ」

無言で睨《ね》め付ける松平定信に田沼意次があきれた。

「そなたが思うほど、幕府の箍《たが》は緩んでおらぬ。で、どうするつもりか」

田沼意次が険しい口調で松平定信を怒鳴った。

「まだ老中を望むとあらば、してくれるぞ。もちろん、今回の件を上様にお話ししてからだがの」

「……むうう」

松平定信が唸った。

「…………」

それを田沼意次が黙って見つめた。

「……まだ未熟でござれば、ご遠慮申しあげる」

両手を握りしめて、松平定信が言った。

「うむ。ご苦労であった。下がれ」

田沼意次が首肯し、松平定信を下部屋から追い出した。

「少しは頭を打ったかの。もっとも……あれで大人しくなるとは思えぬが」

一人になった田沼意次が呟いた。

「盗賊どもは便利であったのだがな……白河に目を付けられたであろう。……下手に使い続けるよりは白河と相討ちさせるが吉か」

田沼意次が目を閉じた。

この作品は2019年9月徳間書店より刊行されました。

徳間文庫

裏用心棒譚《ばなし》㈡

流葉断《りゅうはだん》の太刀《たち》

2021年10月15日 初刷

著者 上《うえ》田《だ》秀《ひで》人《と》

発行者 小宮英行

発行所 株式会社徳間書店

東京都品川区上大崎三-一-一 〒141-8202
目黒セントラルスクエア

電話 編集〇三(五四〇三)四三四九
販売〇四九(二九三)五五二一

振替 〇〇一四〇-〇-四四三九二

印刷
製本 大日本印刷株式会社

ISBN978-4-19-894679-1 (乱丁、落丁本はお取りかえいたします)

上田秀人「将軍家見聞役 元八郎」シリーズ

第一巻

竜門《りゅうもん》の衛《えい》

八代将軍吉宗の治下、老中松平乗邑は将軍継嗣・家重を廃嫡すべく朝廷に画策。吉宗の懐刀である南町奉行大岡越前守を寺社奉行に転出させた。大岡配下の同心・三田村元八郎は密命を帯びて京に潜伏することに。

第二巻

孤《こ》狼《ろう》剣《けん》

尾張藩主徳川宗春は八代将軍吉宗に隠居慎みを命じられる。ともに藩を追われた柳生主膳は宗春の無念をはらすべく、執拗に世継ぎ家重の命を狙う。幕府の命運を背負う三田村元八郎は神速の太刀で巨大な闇に斬り込む。

第三巻

無《む》影《えい》剣《けん》

江戸城中で熊本城主細川越中守宗孝に寄合旗本板倉修理勝該が刃傷に及んだ。大目付の吟味により、勝該は切腹して果てたが、納得しかねた九代将軍家重は吹上庭番支配頭・三田村元八郎に刃傷事件の真相究明を命じる。

第四巻

波濤剣《はとうけん》

父にして剣術の達人である順斎が謎の甲冑武者に斬殺された。仇討ちを誓う三田村元八郎は大岡出雲守に、薩摩藩とその付庸国、琉球王国の動向を探るよう命じられる。やがて明らかになる順斎殺害の真相。悲しみの秘剣が閃く！

第五巻

風雅剣《ふうがけん》

京都所司代が二代続けて頓死した。不審に思った九代将軍家重は大岡出雲守を通じ、三田村元八郎に背後関係を探るよう命じる。伊賀者、修験者、そして黄泉の醜女と名乗る幻術遣いが入り乱れる死闘がはじまった。

第六巻

蜻蛉剣《かげろうけん》

抜け荷で巨財を築く加賀藩前田家と、幕府の大立者・田沼主殿頭意次の対立が激化。憂慮した九代将軍家重の側用人・大岡出雲守は、三田村元八郎に火消しを命じる。やがて判明する田沼の野心と加賀藩の秘事とは。

上田秀人「織江緋之介見参」シリーズ

第一巻
悲恋《ひれん》の太刀《たち》

天下の御免色里、江戸は吉原にふらりと現れた若侍。名は織江緋之介。剣の腕は別格。彼には驚きの過去が隠されていた。吉原の命運がその双肩にかかる。

第二巻
不忘《わすれじ》の太刀《たち》

名門譜代大名の堀田正信が幕府に上申書を提出した。内容は痛烈な幕政批判。将軍家綱が知れば厳罰は必定だ。正信の前途を危惧した光圀は織江緋之介に助力を頼む。

第三巻
孤影《こえい》の太刀《たち》

三年前、徳川光圀が懇意にする保科家の夕食会で起きた悲劇。その裏で何があったのか——。織江緋之介は光圀から探索を託される。

第四巻 散華《さんげ》の太刀《たち》

浅草に轟音が響きわたった。堀田家の煙硝蔵が爆発したのだ。織江緋之介のもとに現れた老中阿部忠秋の家中は意外な真相を明かす。

第五巻 果断《かだん》の太刀《たち》

徳川家に凶事をもたらす禁断の妖刀村正が相次いで盗まれた。何者かが村正を集めている。織江緋之介は徳川光圀の密命を帯びて真犯人を探る。

第六巻 震撼《しんかん》の太刀《たち》

妖刀村正をめぐる幕府領袖の熾烈な争奪戦に織江緋之介の許婚・真弓が巻き込まれた。緋之介は愛する者を、幕府を護れるか。

第七巻 終焉《しゅうえん》の太刀《たち》

将軍家綱は家光十三回忌のため日光に向かう。次期将軍をめぐる暗闘が激化する最中、危険な道中になるのは必至。織江緋之介の果てしなき死闘がはじまった。

上田秀人「お髷番承り候」シリーズ

一 潜謀《せんぼう》の影《かげ》

将軍の身体に刃物を当てるため、絶対的信頼が求められるお髷番。四代家綱はこの役にかつて寵愛した深室賢治郎を抜擢。同時に密命を託し、紀州藩主徳川頼宣の動向を探らせる。

二 奸闘《かんとう》の緒《ちょ》

「このままでは躬は大奥に殺されかねぬ」将軍継嗣をめぐる大奥の不穏な動きを察した家綱は賢治郎に実態把握の直命を下す。そこでは順性院と桂昌院の思惑が蠢いていた。

三 血族《けつぞく》の澱《おり》

将軍継嗣をめぐる弟たちの争いを憂慮した家綱は賢治郎を密使として差し向け、事態の収束を図る。しかし継承問題は血で血を洗う惨劇に発展――。江戸幕府の泰平が揺らぐ。

四 傾国《けいこく》の策《さく》

紀州藩主徳川頼宣が出府を願い出た。幕府に恨みを持つ大立者が沈黙を破ったのだ。家綱に危害が及ばぬよう賢治郎が目を光らせる。しかし頼宣の想像を絶する企みが待っていた。

五 寵臣《ちょうしん》の真《まこと》

賢治郎は家綱から目通りを禁じられる。浪人衆斬殺事件を報せなかったことが逆鱗に触れたのだ。事件には紀州藩主徳川頼宣の関与が。次期将軍をめぐる壮大な陰謀が口を開く。

六 鳴動《めいどう》の徴《しるし》

激しく火花を散らす、紀州徳川、甲府徳川、館林徳川の三家。甲府家は事態の混沌に乗じ、館林の黒鍬者の引き抜きを企てる。風雲急を告げる三つ巴の争い。賢治郎に秘命が下る。

七 流動《るどう》の渦《うず》

甲府藩主綱重の生母順性院に黒鍬衆が牙を剝いた。なぜ順性院は狙われたのか。家綱は賢治郎に全容解明を命じる。身命を賭して二重三重に張り巡らされた罠に挑むが——。

八 騒擾《そうじょう》の発《はつ》

家綱の御台所懐妊の噂が駆けめぐった。次期将軍の座を虎視眈々と狙う館林、甲府、紀州の三家は真偽を探るべく、賢治郎と接触。やがて御台所暗殺の姦計までもが持ち上がる。

九 登竜《とうりゅう》の標《しるべ》

御台所懐妊を確信した甲府藩家老新見正信は、大奥に刺客を送って害そうと画策。家綱の身にも危難が。事態を打破しようとする賢治郎だが、目付に用人殺害の疑いをかけられる。

十 君臣《くんしん》の想《そう》

賢治郎失墜を謀る異母兄松平主馬が冷酷無比な刺客を差し向けてきた。その魔手は許婚の三弥にも伸びる。絶体絶命の賢治郎。そのとき家綱がついに動いた。壮絶な死闘の行方は。

全十巻完結